Opal
オパール文庫

※ここから先は有料です！
マジメ夫にえっちなサービス!?

兎山もなか

JN105324

プランタン出版

Contents

※本作品の内容はすべてフィクションです。

◆プロローグ　君に重課金

　インディゴの濃厚な青のランジェリーが、彼女のカラダがいかに豊かかを証明していた。普段は着痩せしていて性的な要素を少しも感じさせないので、こういう格好をされると簡単に下半身が反応してしまう。自分も例に漏れず、ギャップに弱い男だったらしい。

　シャツを脱ぎ捨てた彼女が俺の視線に気付き、ギシッとベッドを軋ませながらこちらに寄ってくる。

「あれ？　お客さん、もしかして緊張してる？」

「……いや」

　寝室のベッドの上、俺はボクサーパンツ一枚の心もとない姿で寝かされていた。その上に彼女がランジェリー姿のまま無防備にのしかかってくるので、俺の腹の上で柔らかい膨らみが潰れる。水風船のような〝たゆん〟としたその感触は、男である自分には生み出せないものだと思った。無防備な接触に俺の下半身は更に反応し、ボクサーパンツの布を押し上げるほど勃ちあがり、ついには彼女のお腹に触れるまでになった。

彼女は満足そうに、にんまりと笑う。

あまり見たことがない小悪魔じみた表情で。

「緊張っていうより、興奮してるのかな」

言いながら自分のお腹に触れた俺の先端をまあるく撫でてくる。

「っ……」

布越しであるがゆえの微妙な刺激がもどかしく、つい腰が浮きそうになるのを我慢した。

結果として、彼女の下でカクカクと小刻みに腰を揺らしてしまい、彼女に更に勝ち誇った笑みを浮かべさせることになった。

「直接触ってほしい？」

なんて魅惑的な質問なんだろう。口で答えるより先に〝ヒクッ〟と返事をしてしまった先っぽが恨めしい。

「ココ、さっきからヒョコヒョコしてて可愛い」

「……直接、触るよりも」

「なあに？」

「そろそろキスがしたい」

率直に伝えると、彼女は一瞬目を丸くしてから「あはっ」と笑った。僅かに目を泳がせて照れた様子を見せ、それから誤魔化すようにニコッと笑う。

「いいけど……ちゃんとルールは守ってね」

そう言って、彼女は自分の肩にかかるブラ紐を摘まんでピンと張った。それは〝チップを頂戴〟のジェスチャー。

俺は彼女の要求に従い、あらかじめベッドサイドテーブルの上に用意していた紙幣に手を伸ばした。二枚ほど取って、細長く半分に折る。それを彼女のブラ紐と素肌の間に捻じ込む。

くしゃっとヨレて皺になる紙きれ。そのアイテムひとつで、神々しくもあった彼女の下着姿が一気に低俗なものに堕ちる。淫らで、いやらしくて、眩暈がするほど艶美な娼婦。

彼女はチップを挟まれた自分の肩にくすぐったそうに頬ずりして、それからドキッとするほど色っぽい目で俺を見つめて言った。

「毎度ありがとうございます」

俺はそのまま待っていればよかった。

彼女は俺の体の上を這いずり顔に近づいてきて、輪郭を〝つつ……〟と指先で撫でる。焦らされているのだとわかって、不満を伝えようと目を細めた。彼女は楽しそうに笑うだけ。こしょこしょと俺の耳裏をくすぐったり、顎にキスしたりを楽しんでいる。

果ては俺の手を触り、薬指に嵌まる結婚指輪をいじったり。

痺れを切らして、俺はついに不満を口に出してしまった。

「そこじゃない。唇にはキスしてくれないのか？　金を払ってるのに」

「するする！　お客さん、全然我慢ができないよねぇ。可愛い～」

そうしてやっとのこと、彼女の唇が俺の唇に重なった。

唇そのものの柔らかい感触。リップの僅かなベタつき。どちらも心地いい。リップが俺に移ってしまうくらい、もっと唇を押し付けてきてほしい。

素っ裸に近い状態の肌をたくさん触れ合わせながら、ちゅっちゅっと続くバードキス。

啄む合間に、彼女が笑う。

「ん……ふふっ……んー……お客さん、さっきより勃ってる……」

指摘された通り、俺はさっきの何倍も勃起していた。キスだけでこうなってしまうとバレたことが恥ずかしい。でももう隠しようもないので、開き直って彼女の脚の付け根にゴリゴリと押し付ける。

「ん……仕方ないだろ……それよりもっと、口開けて……」

「はぁっ……ディープキスは別料金ですけど」

「えっ！」

「もう一枚いただきますがＯＫ？」

「……いいだろう」

「お客さん、金払い良いね～！」

彼女はベッドサイドテーブルから一枚チップを抜き取り、〝むちゅぅっ！〟と俺にしっかり口づけて、積極的に舌を絡め始めた。

「んんッ……」

あ……最高……。

小さな舌が口の中に割り込んできて、俺の舌を一生懸命扱いてくる。口内を好きなように舐め回されて、吸われて、蹂躙されて。頭の中を真っ白にして、ただただ気持ちいいキスに耽る。これは至上の贅沢。

しばらく口の中でぬるぬると動く可愛い舌と遊んで、互いに満足した頃にゆっくりと唇を離した。彼女の口の端からはよだれが垂れていた。

それを指で拭ってやると、酸欠で少し赤くなっていた顔が更に赤みを増す。

「……倫太郎《りんたろう》のキス、ねちっこい」

「ひどい言い草だ……」

「〝お客さん〟がだいぶ板についてきたね」

俺のことを〝お客さん〟と呼んでくるこの女性——国崎真昼《くにさきまひる》は、俺の妻だ。

このシチュエーションだけ見ると、俺が家庭のある身で風俗を利用しているクズ男に見えるかもしれないが、相手は妻。そしてここは自宅の寝室である。

　これはただの夫婦のセックス。

「そろそろ本番する？」

「……今晩はいくらだ？」

「うーん、そうだなぁ……」

　ちなみに本番は時価。真昼のその日の気分によって変動する。

　最近は専ら彼女とのこの遊びによって、俺の小遣いはむしり取られている。

「今日は私もしたい気分だから……五千円でいかが？」

　――一体なぜこんなことになってしまったのか。

　事の発端は、今から数週間ほど前に遡る。

◆一章　夫の献身

俺がホテル業界への就職を選んだのは、中で働くスタッフ一人一人の創意工夫がそのホテルの価値を決めるからだ。マニュアル通りの対応ではなく、お客様のニーズに合わせた臨機応変な対応が求められる。時にはお客様が思いもしないようなことにまで発想を巡らせて、期待の上をいくサービスを提供する。

それはもはや、働くスタッフたちのアイデア合戦ともいえる。

昔から人に喜んでもらうのが好きだった。純粋に〝お客様の笑顔のため〟を追求していくこの仕事は、自分にとって天職だと思っている。

「国崎マネージャーって夫の鑑ですよね」

俺は夜勤者への業務引き継ぎを済ませ、通勤用のバッグを持って椅子から立ち上がったところだった。デスクの上を片付けて、書類の入ったキャビネットを施錠。パソコンをシャットダウンし、後は周りに挨拶をしてバックオフィスを出ようとしていた。

声をかけてきたのはブライダル課の中堅、浅沼恵《あさぬまめぐみ》さん。彼女はこのホテルで挙式するご夫婦とそのゲストの宿泊部屋を確保しにリザベーション担当のところにやってきたようで、宿泊リストを片手に低いパーティションの上で頬杖を突きながら〝じっ……〟と俺のことを見ていた。

アイメイクのせいか、浅沼さんの目には目力がある。俺はなんとなくその視線の圧に負けてしまい、持っていたバッグを一度自分のデスクの上に置いた。

自分の中の体内時計を勤務時間終了前に巻き戻し、接客用の笑顔をつくる。

「そうですかね？」

「そうですよ。だって仕事が終わるとサササッと帰り支度して家に帰るじゃないですか」

「どうしてまっすぐ家に帰ってると思うんです」

「え？　だってそうでしょ？」

少しの疑いもない目で返されて、俺は言葉に詰まった。渋々「まあそうですけど」と認めると、浅沼さんに〝だろうと思った！〟と勝ち誇った顔をされた。

「休憩時間中だって、スマホに奥さんからメッセージが届いたらもうニッコニコじゃないですか。私、国崎マネージャーほどわかりやすい人って見たことがない」

「そんなに？　っていうか休憩時間のことは放っておいてほしいな」

「今も私に対して〝早く帰りたいのに捕まった～〟と思ってるでしょ？」

「……」

「ほら否定しない！　そういうところですよ！」

そうは言っても今まさに帰宅するところだったわけで、そのタイミングで声を掛けられれば気分も萎れてしまうというか。いい大人なのでわかりやすく邪険にしたりはしないが正直今すぐ解放してほしい。

なぜならば。

「ええそうです。私は〝一に妻、二にお客様、三がその他〟のホテルマンなので」

「うっわ言いましたね！　奥さんが上ってはっきり言った！　総支配人にチクらなきゃ」

「どうぞお好きなように。お疲れ様です」

そう言って、浅沼さんからの尽きない憎まれ口を背中に浴びながらバックオフィスを後にした。

『ハイウインド東京』は、都心にありながらも緑の多い閑静な場所に位置する。都内でも有数の広さを誇る客室を構えていて、総客室数は二百九十五室。大小合わせて十の宴会場と、五つのレストラン、それからバーとラウンジ。その他チャペルも併設している。上層階からはシティビューを堪能できる点も魅力だ。

世界的なデザイナーが手掛けたモダンな内装で来る人を非日常の中に引き込み、最高級のおもてなしで落ち着いたひと時を過ごしてもらうための場所。格式が高く、国内外から著名人を迎える場所としても広く認知されている。内部にあるカフェやパティスリーも最高品質の味を持つ実力店ばかりなので、宿泊以外のお客様も多い。

品があり、活気の溢れる職場。俺は地下の更衣室で仕事用のスーツから通勤用のシャツとスラックスに着替え、自慢の職場を後にする。

ホテルのフロントクラークは俺にとって天職だ。仕事が楽しいので間違いない。

しかし時代はワークライフバランス。

ホテルでお客様に尽くすのと同じくらい、さっさと家に帰って愛しい妻に尽くしたい。

「ただいま」

俺が玄関のドアを開けると、廊下の突き当たりにある部屋からヒョコッと彼女が顔を覗かせる。首回りで毛先がふわっと揺れるボブカット。小動物のような人懐っこい顔。

〝いい!?　いい!?〟と目で尋ねてくるので、俺は〝汗かいてるんだけどな……〟と自分の体臭を気にしつつ、仕事用鞄を廊下に置いて腕を広げ、「ん」と合図した。

すると真昼が〝ダッ！〟と駆け出し、こっちに向かって突進してくる。

「お帰りなさい!!」

直後、彼女は顔から俺の胸に〝ドンッ!〟とぶち当たってきた。俺は後ろによろめかないように軽く脚を踏ん張る。ちょっと痛い。

「っ……おい、今顔からいかなかったか? 鼻ぶつけて痛かったんじゃ……」

「ん――っ! 十時間ぶりの倫太郎の匂い~♡」

「真昼、聞いてる?」

〝すぅはぁすぅはぁ!〟と過剰なほど俺の胸で深呼吸を繰り返し、悦に入っている真昼。俺の話などもちろん聞いていない。ワイシャツに顔を押し付けながらくぐもった声で「あ~元気でる! 鼻から吸うサプリ!!」などとよくわからないことを言っている。

うちの嫁は、少々変わっている。

「せめて風呂上がりならなぁ……」

「ダメだよそんなの。汗の匂いがしなくなっちゃう」

「俺はそれを気にしていると言っている」

「私たち相容《あいい》れないね」

そう結論づけて上を向いた真昼の鼻の頭は、案の定赤くなってしまっていた。

低すぎず高すぎない鼻は彼女のチャームポイントだ。真昼は美人やセクシーといった類の容貌ではない。どちらかといえば愛らしいというか、キュートという言葉がよく似合う。

赤くなっている鼻の頭を指の腹で擦《こす》りながら、尋ねた。

「ご飯は食べた？」

「まだ。倫太郎と一緒に食べようと思って待ってた」

「そうか。じゃあ早く食べよう」

「今日はレバニラ炒めです」

「……うん」

「これで今晩の倫太郎は絶」

「わかったから皆まで言うな」

あけすけに物を言おうとする真昼の口を手で覆い、一緒にリビングに向かう。放っておくと〝倫太郎の「倫」は絶倫の「倫」♪〟などと最低な歌を口ずさみだすから油断ならない。うちの嫁は少々、下ネタを口にする。


レバニラ炒めはレバーに下味がしっかりついていて美味しかった。真昼と向かい合わせで食卓を囲み、ご飯が進む味に舌鼓を打ちながら、互いに今日の出来事を話す。

「え～そんなことが……ほんと、倫太郎の職場は毎日飽きないねぇ」

「毎日いろんなお客様が利用されるからな」

「は〜いいなぁ。ホテルマンしてる倫太郎は格好いいんだろうなぁ〜。……ねぇ倫太郎」

「ダメ」

「まだ何も言ってない」

「〝職場を覗きに行きたい〟って言うんだろ？　前から言ってるけどダメ。仕事中は真昼の相手できないし」

「相手なんかしてくれなくていいよ！　勝手にちょこーっと観察するだけ」

「ダメです」

「ケチ……」

同じような会話を数カ月に一度は繰り返している。時が経てば俺の考えが変わると思っているのか、それとも機嫌を見計らってトライしてきているのかは知らないが。

しかし何度尋ねられようと、俺はきっと「いいよ」とは言わないだろう。

毎度のことながら拗ねた顔をしている真昼を見て、話題を変えようと俺から話を振った。

「そっちの仕事は順調？」

「え？　ああうん、そこそこかな。今日は一個納品して、今お返事待ち」

元々勤めていたデザイン事務所から独立し、今はフリーランスで本の装丁デザインを生業にしている彼女。本の顔ともいえる表紙は、それがすべてだとまでは言わないが本の売り上げを大きく左右する。編集者と打ち合わせをして原稿を読み、企画意図に合わせて表紙のイメージを膨らませ、コストの制約の中で紙の材質にもこだわり、文字の書体や組み方を決め、本の設計書をつくる。なかなかにクリエイティブな仕事だと思う。

「外での打ち合わせはないのか」

「打ち合わせはしばらくないね。だいたい電話とメールで済むし」

「そう」

「ほんとはもっと外に出て人にいっぱい会いたいんだけどね〜」

真昼は社交的だ。普段は家で仕事をしていることが多いが、呼ばれればどこにだって出向くし、フットワークが軽い。持ち前の明るさで周りをパッと華やかにする、放っておいても人が集まってくるタイプの人種だ。

彼女は大人になってますます魅力的になった。出会いは高校で、俺から交際を申し込み、大学を卒業後三年ほど経ってから結婚した。ただいま結婚生活三年目。価値観の違いや生活ルールのギャップに少しずつ折り合いをつけ、やっと〝これが俺たち夫婦の暮らし方だ〟と言える型ができて自然体になれてきた今日この頃。

今のところ大きなトラブルもなく、毎日幸せに過ごしている。


食事も入浴も家事も終え、一日の活動を終える時間がやってきた。

部屋の電気を消し、ベッドサイドテーブルの上に置いた間接照明のブックライトを光源にして雑誌を読んでいた。普段はあまり手に取らないエンタメ系の雑誌だが、毎号の特集で本の装丁デザインを扱っているページがある。

今月号では、なんと真昼が担当したエッセイ本の装丁がピックアップされている。〝女性のみならず男性まで手を伸ばしてしまうような、実はとても計算し尽くされたデザイン〟と大絶賛。正直俺にはデザインの良し悪しはよくわからないが、嫁が褒められるのは単純に嬉しい。

「またそれ読んでるの？」

真昼がベッドの中に入ってきて、俺が読んでいた雑誌を「ちょっと失礼しますよ」と言ってパタンと閉じてしまう。そのままベッドサイドテーブルの上へ。突然雑誌を奪われ俺が〝なんだなんだ〟と成り行きを見守っていると、真昼が体の上にのしかかってきた。

今日も抜群に愛らしいすっぴんの顔が、目の前で無邪気に笑う。

「ヘイ倫太郎！　エッチしようぜ！」

「……そんな〝おい磯野《いその》！　野球しようぜ！〟みたいな」

「そんな言い方はしてない」

「そんな言い方だったじゃないか。色気ないなぁ」

「色気ない？　失礼な！　これから悩殺するんです～」

真昼は返事を聞く前から俺のパジャマのボタンをはずしにかかっていた。程なくしてすべてのボタンがはずされ、パジャマの前が全開になる。

真昼は俺の裸をしげしげと眺め、口角を上げる。

「真昼、楽しそう」

「楽しいよ。だって合法的に倫太郎の体に触れる時間だもん」

「合法的とは……」

「胸舐めてもいい？」

「ダメ」

「ちぇー」

続いて彼女は自分が着ているパジャマのボタンに手をかけた。

自分で脱ぐつもりなんだなと思って、俺は真昼が裸になるのを見守る。ボタンが一つ、二つとはずれて、三つ目に差し掛かったときに、彼女の手が止まった。

「……真昼？」

どうした？　と尋ねるニュアンスで名前を呼ぶと、彼女は顔を赤らめる。さっきまでの天真爛漫さはどこへ行ったんだ。

真昼は急に恥ずかしくなったのか、俺と目を合わせずぽそりと言った。

「……そんなに見つめられると脱ぎにくいんですけど」

さっきは「これから悩殺するんです〜」と嘯《うそぶ》いていたくせに。

いくら慣れた雰囲気を出しても彼女は初心《うぶ》だ。もう何度も俺と体を重ねているのに、ここぞというタイミングでは未だに恥じらいが出る。そういう顔にグッとくる。

「俺が代わろう」

真昼が途中まではずした分を引き継いで、彼女のパジャマのボタンをはずす。最初から俺がやるつもりだったんだ。真昼が自分ではずそうとしたのを見て、役目を取られてしまったと少し残念に思ったくらい。

すべてのボタンをはずし終えるとはらりと前がはだけて、柔らかな膨らみや、細いくびれ、セクシーな腰回りが露わになる。

「……だから、そんなに見られると恥ずかしいんだってば」

「合法的に嫁の裸が見られる時間じゃなかったのか」

「倫太郎は見ちゃダメ」

そんな不公平な。

しかし真昼はよっぽど凝視されるのが嫌だったらしく、裸を俺に見せまいと抱き着いてくる。パジャマがはだけて、露わになっている素肌同士が触れて気持ちいい。

乳首が擦れ合う刺激に僅かに感じ、下半身がムズつく。真昼が恥じらいだしたあたりから、俺は密かに興奮していた。彼女はいつも自分から「エッチしようぜ！」なんて誘ってくるくらいオープンなのに、変なところで照れが出る。そのギャップが可愛かった。

愛くるしさに、たまらず真昼の体を抱きしめ、彼女に頬ずりする。

「肌がぷるぷるだな」

「ん……今日、パックの日だから……」

「真昼の肌はいつも気持ちいい」

同じ人間なのに、どうしてこうも肌の質感が違うのか。

ストレートに褒めると真昼はいつも〝化粧品がいい〟とか、〝食べた物がよかったのかも〟だとか、自分ではない何かのお陰ということにする。美容は努力の賜物だろうに。

「倫太郎」

「ん？」

「体、もっと触って……」

ドキッと大きく胸が高鳴る。

俺は「わかった」と返事しながら、頬ずりしていた彼女の頬にキスをする。真昼の細い腰に回していた腕を緩め、右手で背筋をなぞり、左手で尻の丸みを揉む。それに反応した真昼の口から「んっ……」と鼻にかかった甘い声が漏れた。

雰囲気を壊さないように声のトーンを抑え、囁き尋ねる。

「……下も？」

「ん……」

顔を真っ赤にしながらコクコク頷く真昼。

彼女の願いを、ひとつひとつこの手で叶えていくのが好きだ。

背筋を撫でていた手を下に滑らせ、パジャマのズボンの穿き口へ。真昼は俺の脚を踏まないようにベッドに膝を突き、腰を浮かせた。俺に触ってほしくてそうしているんだと思うと単純に興奮した。

真昼の下腹に手のひらをつけ、ゆっくりズボンのゴムをくぐり、下着の中へ。

「あッ……」

指先にアンダーヘアが絡む。真昼の薄いソコを指で撫でつけ、小さな尖りを見つけてクリクリと捏ね回す。真昼は「んっ……」と感じた声をあげながら腰を揺らし、俺の首筋で熱い息を漏らしていた。

視覚的にも聴覚的にも、触覚的にも、彼女の痴態は刺激が強い。俺はボクサーパンツの中で痛いほどいきり勃っている自身のモノを鎮めようと深呼吸を繰り返し、その合間に問いかける。

「ナカと外、どっちでイキたい？」

「んッ……んと……外……？」

「了解」

蕩けた顔で必死に答えようとする姿が可愛くて、あえてわざわざ尋ねてしまう。外でイきたいんだろうなと予想はついていた。硬くなっている陰核をいじると気持ちよさそうに腰をくねらせ、悩ましい声を漏らすから。

小さな尖りのその先にある泉に指を伸ばすともうビショビショだった。

「あっ……んんッ……待って、外って言っ……」

「入口だけ」

あまりに濡れているものだから、そこに触れないわけにはいかない気持ちになった。それに真昼は両方を一遍に攻められるのが好きだ。本人は言わないけれど。

自分の爪が伸びていないことを確認してから、中指の第一関節までを蜜口の中へ。〝ぐぽっ、ぐぽっ〟と卑猥な水音を鳴らし、手のひらでは恥丘をぐにぐにと揉む。陰核がしっかり擦れるように意識することを忘れずに。

「あッ、あぁッ……それっ……ダメぇっ……！」

「イっていいよ」

「んッ……ふぁっ……あああぁぁっ！」

中指を突っ込んでいた蜜口がヒクヒク痙攣したと思うと、真昼は俺の首筋に頬をくっつけたまま大きく喘いで、尻を高く突き上げた姿勢で激しく達した。ビクン、ビクン、と余韻で体を震わせながら、「はっ、はぁっ……」と短い呼吸を繰り返し、感じている。

「……どっちでイった？」

「わっ……わかんないっ……でも」

「うん」

「気持ちよかったぁっ……」

深く息を吐き、アトラクションに乗った後の子どものように笑って感想を漏らす真昼。気持ちよくなってくれたならよかった。素直に感想を返してくれるところが愛おしい。

俺はたまらずこめかみにキスをした。するとそれに気付いた真昼が俺の胸に手を置いて顔を上げ、唇にキスをしてくる。真昼はご機嫌だった。可愛らしいキスで俺の唇を啄み、見つめ合って、またキスをして。

甘い空気の中で彼女が問いかけてくる。

「倫太郎は……？」

「俺？」

「うん。私に何かしてほしいことってないの？」

真昼にしてほしいこと。……たとえばどういうことだろう？

不意を突いた質問に、俺は束の間考え込んだ。

真昼が俺に言ってきたみたいに、「体をもっと触って」とか、「外でイきたい」とか……そういうことではないよな。男からお願いするものではないと思うし。男からお願いをすること自体が、なんとなく格好悪い気もするし……。

俺が答えられずにいると、彼女はおもむろに股間に手を伸ばしてくる。

「たとえば、その……ココを、私の口で………とか」

「いや、そういうのはいい」

控えめに俺のモノに触れてきた小さな手を摑まえ、大事に握る。

相手に男性器を舐めてもらうプレイがあることは知っているが、真昼にさせたいとは思わなかった。奉仕される感覚が俺自身得意ではないし、彼女だってこんなもの、進んで舐めたいはずがない。無理をさせるのは嫌だった。

「してほしいことは特にない」

「ほんとに？」

「うん。俺は真昼が気持ちよくなってくれるのが一番嬉しいよ」

その言葉に嘘はない。俺は真昼が感じてる顔を見るのが大好きだし、他ならない自分の手や体で彼女が気持ちよくなっているということに、この上なく興奮する。

それが本心だ。

「……倫太郎って変わってるよね」

「そうか？」

「そうだよ」

真昼は困ったように眉尻を下げてはにかんでいた。いつもあけすけで恥じらいなどまるでない彼女が、照れ隠しに笑う表情が大好きだ。いつまでも見ていたくなる。

「じゃあ……そんな倫太郎にお願い」

「何？」

「今度は倫太郎ので、いっぱい気持ちよくしてほしいな」

そう言って真昼は俺の太腿に頬ずりして甘えてくる。彼女は甘え上手だ。瞳を潤ませ、頬を上気させて、発情しきった顔を俺に見せてくれる。

煽られるには充分だった。

「いいよ。……お望み通りに」

きみが感じてくれること以上に望むことなど何もない。

——俺はずっと、本当に、そう思っていたんだ。

◇二章　妻の閃き

私、国崎真昼は自負している。

私ほど国崎倫太郎を愛している女は、この世にいないということを。


「……んっ」

朝はいつも、隣に彼がいないことに気付いて目を覚ます。昨晩は大きな体と身を寄せ合って暖を取りながら眠っていたはずなのに、今朝は人肌のぬくもりが感じられない。

私はまだ眠い目を閉じたままタシタシとベッドの上を叩き、倫太郎の不在を確認。続いて薄《う》っすらと目を開けて、カーテンの隙間から漏れる朝日を遮る影を目視。そこには私より一足早く目覚め、ワイシャツの袖に腕を通している夫の姿がある。

ベッドの中から彼の着替えを盗み見るこの時間は、私の密かな楽しみでもある。

（……かぁ～っこいい～）

日の光が逆光になって彼の横顔の輪郭を輝かせていた。何か考え事をしているのか、きっちりと閉じられた唇。凛然としていて、端整で、まるで彫刻のようなその横顔は、昔に比べて随分と大人びている。それもそのはず。彼も私も三十代を前にした、いい大人になったのだから。

長い睫毛がヒクッと揺れたと思った次の瞬間、端整な顔はこっちを向いて、その瞳には未だベッドの上で丸っこくなっている私の姿が映されていた。

私の視線に気付いた途端に優しく細められた目が、恥ずかしい。

「起きてたのか、真昼」

「ん……おはよ」

この笑顔を浴びて一日を始められるなんて幸せすぎない？

倫太郎は有り余るほどの慈愛に満ちた笑顔で、ベッドに手を突いて私の顔を覗き込んでくる。

「おはよう。午前中に仕事の用事がないならもう少し寝っててもいいんじゃないか」

そんな甘やかさないでよ。すぐ私のことをダメにしようとするんだから……。こんな夫に流されないでいるためには、そこそこの根性と気合が必要だ。

私はお言葉に甘えてもうひと眠りしたい煩悩をなんとか振り払い、「ううん、起きる」

と返事して猫の伸びをした。ただでさえ私は、在宅ワークで始業時間の定めがない。気を抜くとすぐ堕落してしまうので、倫太郎と一緒に朝食を食べる習慣はどうにか維持したい。

今朝のメニューはカンパーニュのチーズトーストと、スクランブルエッグ、それから蜂蜜を垂らしたヨーグルト。私は野菜ジュースを飲み、倫太郎はブラックコーヒーを飲む。

朝食は原則私が用意することになっている。というのも、ちゃんと決めておかないと倫太郎がパパッと自分でやってしまうからだ。

新婚当初、あらゆる場面で倫太郎が先回りして「やっておいたよ!」と言うので、〝これはマズい!〟と思った私が家事分担を提案した。

倫太郎は性格的に自分の世話を人にしてもらうことが苦手で、家事を分担することについて最後の最後まで渋っていた。「落ち着かない」とか「申し訳ない」とか言ってなかなか折れてくれないので、私が「そんなに私に身の回りのことをしてほしくないなら別居する?」と拗ねてみせたところ、倫太郎が「それは嫌だ」とはっきり主張してきて、今の形に落ち着いた。

今では私が家事をしている間ソワソワ落ち着かなそうにしていることもなく、どんと構えている。自然体になれてきたんだと思う。

「スマホ持った？」

「ああ」

パジャマ姿のまま、玄関で倫太郎を送り出す。

彼が目立った忘れ物をしたことなんてないのだ。わかっているけど一応訊いてみるだけ。

これってなんだか奥さんっぽいでしょ？　そんなことないか。

倫太郎は律儀に上着の中のスマホを確認してくれた。そして忘れ物がないことを確かめると、この次に私がしようと思っていることを察して、一度こっちを向いてくれる。私は遠慮せず思い切り彼のお腹に抱き着く。

「あ～なんじゃこの細い腰は～！」

毎度文句を言いたくなる体つきと、その割にがっしりしている胸板や肩幅。

私が同僚だったら絶対エロい目で見ちゃう！

「真昼、撫でまわし方がおじさんみたいだぞ」

「おじさんに撫でまわされたことあるの⁉」

「いや、ないけど」

肩甲骨から背中からお尻の筋肉まで手のひらで目いっぱい味わっているとツッコミを入れられたので、ツッコミ返してやった。よかった。既におじさんの餌食になっていたらどうしようかと思った。

そろそろ解放しないと倫太郎が乗りたい時間の電車を逃してしまう。私は名残惜しさを振り切って倫太郎の体に回していた腕を緩めた。上を向く。いってらっしゃいのキスをする。唇を突き合わせてその表面の柔さを確かめ、二、三度ほど優しく啄んだ。この一瞬、体の中で一番唇が敏感になる。

体が火照っていく気配を感じ、すぐ中断した。

「いってくる」

「うん。気を付けてね」

いってらっしゃいのキスでいちいちときめいてしまうのを、そろそろやめたい。ときめきが続くのは良いことだとは思うのだけど、倫太郎が家を出てからもしばらく彼のことで頭がいっぱいになって、スムーズに脳を仕事に切り替えられない。

(倫太郎のほうは、すっかり慣れちゃってる気もするし……)

最初こそ照れていた倫太郎も今ではあのナチュラルさ。いってらっしゃいのキスは、彼にとってはもうルーティーンのひとつなのかも。

なんにせよ続くうちは大事にしたい習慣。倫太郎のことだから十年後でも二十年後でも変わらずやってくれそうな気もするけれど。先のことはわからないし。

――そこまで考えて、私はそろそろ切り替えようとその場で伸びをした。

「さてと……メールチェックしよ～」

午前中はメキメキ仕事を進めないといけない。

今日の午後には、久しぶりに高校時代の友人がうちに遊びに来る。

＊

倫太郎は、人に頼るのが苦手なちょっと面倒くさい部分を除けば、考えうる限り最高の夫だと思う。会社から帰ってきたところに私が飛びついても嫌な顔せずに抱きしめてくれるし。ご飯は何を作っても「美味しい」って口に出してくれるし。なんなら「いつもありがとう」とかもサラッと言えてしまうタイプ。おまけに「綺麗だ」とか、そういう褒め言葉もたくさんくれる。

それから、私のセックスの誘いにも必ず乗ってくれる。たぶん、時には疲れていて乗り気じゃない日もあるだろうに、今のところ拒否された記憶がない。〝無理をさせてないかな〟と心配になって私が誘えずにいる日も、彼は敏感にそれに気付いて「したいの？」と尋ねてきてくれる（そこは尋ねずに押し倒してくれ、と思う）。

倫太郎はエッチが巧い。これは単純に付き合いが長いからかもしれない。彼は私の気持ちいいポイントをたくさん知ってて、素早く的確にイかせてくれる。私が仕事でストレス

ＭＡＸの日は倫太郎があらゆる技を駆使して愛《め》で倒してくれるので、私はここ数年ほど嫌な気持ちを翌日に持ち越したことがない。

「――私は何を聞かされているんだろうか……」

私が最近の夫について語っていると、正面に座って話を聞いてくれていた清枝《きよえ》がぐったりと項垂《うなだ》れた。

「えっ？　だって清枝が〝結婚生活はどう？〟って訊くから」

「ここまで赤裸々な話がくるとは思ってなかった～！」

伊角《いすみ》清枝は高校の同級生で、大人になってからもこうしてよく一緒にお茶をしている。

彼女は出版社勤務で書籍の編集をしていて、私はたまに彼女からも装丁デザインの仕事をもらっている。公私ともに頼れる親友は心強い。

「まさかこんな盛大な惚気《のろけ》を聞かされるなんて……」

清枝は深いため息をついて頭を起こし、飲みかけだったアイスカフェオレに手を伸ばす。

「旦那を知ってるだけに余計に生々しいっていうかさぁ……」

「ちょっと！　倫太郎で何想像するの、ヤメテ！」

「無茶言うなや」

こんなおどけたやり取りができるくらいには仲が良い。彼女は同じく高校の同級生だった倫太郎とも面識があるので、何を相談するにも話が早かった。

「それで、わざわざ公私分けて〝今日はお茶！〟って言ってきたくらいだし、何か聞いてほしいことがあったんじゃないの？」

いやぁ、清枝さんは本当に話が早い。

あまり勿体つけるような話でもないなと思い、私はアイスカフェオレをひと口。そして神妙な顔をつくり、彼女に相談を持ち掛けた。

「実はここのところ悩みがありまして……」

「うん」

「マンネリ気味なんじゃないかと思ってるんですよ」

「……またぁ？」

真面目に聞いてくれていた清枝の顔が鼻白む。

実はこの手の相談を清枝にするのは、これが初めてではなかった。倫太郎との結婚から一年後と二年後のタイミングで、〝もしかしてこれってマンネリ!?〟と感じることがあり、そのたび私は（清枝を巻き添えにして）対策を講じてきたのである。

清枝様は優しいので、一旦白けても最後まで話を聞いてくれる。

「今回は何をもってマンネリかもと思ってるわけ？」

「ここ半年以上、倫太郎のほうから一度も誘われてない」

「あー……でも真昼が誘えば乗ってきてくれるんでしょ?」

「でも自発的にしたい気持ちが湧かないって危機じゃない?」

「……わからん。国崎くんのあの性格もあるしな~」

そう、それもある。倫太郎はそもそもの性格が控えめで、あまりガツガツしているほうではない。欲がないのか、隠しているだけなのか……。

日常会話の中で、「私に何かしてほしいことないの?」と尋ねても、答えは「ないよ」とか「もう満たされてる」とか。ならばこの際、エッチの最中にさりげなく訊いてしまおうと思っても、答えは昨晩の通り。


〝俺は真昼が気持ちよくなってくれるのが一番嬉しいよ〟


清枝は渋い顔をした。

「優等生かよ……」

「そうなんですよ、超模範解答を返されてしまって……」

あそこまでパーフェクトな甘いセリフを吐かれてしまうと、私の立つ瀬がないというか……。「でもひとつくらい何かあるよね!?」と食い下がるのも無粋な気がして、結局昨夜も倫太郎の希望を訊きだすことはできなかった。

「いい夫だと思うけど、真昼の言いたいこともわかるわ。あまりに受け身になられてもねぇ……」

「そうなんだよ……」

高望みだということは重々わかっている。倫太郎ほどできた夫なんてそうそういないということも理解しているし、無いものねだりはキリがないということも、わかっている。

けれど倫太郎がいい奴だからこそ、私はもっと彼に何かしてあげたい。私ばっかりじゃなくて倫太郎にもセックスを楽しんでほしいし、倫太郎が望むなら、多少アブノーマルなプレイにだって興じたい。彼がそんな願望を持っているかどうかも、そもそもわからないけれども。

——あなたの望むことをなんだって、いくらだってしてあげたいと思っても、求められないことには何にもなんないし。

「恋愛って難しい……」

「それ、人妻三年目のセリフかねぇ」

清枝は穏やかな口調でそう言って、氷が溶けて水っぽくなり始めたアイスカフェオレの残りをストローでくるくる掻き混ぜながら話を続けた。

「難しいところではあるよね。男の人って、こっちが何も言わなければ〝これでいいんだ〟って思いがちだし」

「ああっ……」

そう、そうなんですよ。たぶん倫太郎は私が何も求めてもらえなくてもどかしく思っているることとなんて知らなくて、何なら今の夫婦生活は順風満帆だと思っていそう。いや確かにそうなんだけど。おっきな問題は特にないんだけど！

清枝の話は続く。

「マンネリって意外と、表面上は何の問題もないカップルが陥っていくものなのかなぁって思うよ。お互い譲り合って小さな不満を押し殺していくうちに、気付いた頃には深い溝ができてた……みたいな」

「不満……」

「真昼がなんとなくマンネリに感じてるのを国崎くんに伝えてないみたいに、国崎くんには国崎くんで、また別の思ってることがあるかもしれないよね。言わないだけで」

「ど、どんな⁉」

「知らんけども」

倫太郎が私に不満を持っている可能性……大いにありうる。

これまで私を褒めて肯定してくれるのが基本のスタンスだったから、何か不満があっても言い出せないかもしれない。遠慮しぃだし。包容力の塊だし。もし不満があってもぐっと喉の奥に押さえこんでしまいそうだ。

「国崎くんの気持ちはわからないから今は置いておくとして……。マンネリ防止策の鉄板といえば性生活を工夫してみることだけど、それは既に結構やったもんなぁ」

「うん。前にマンネリの危機を感じたときに、いろいろ」

ベタにセクシーな下着を着けて迫ってみたり、セックスの体位に四十八手を試す提案をしてみたり。どちらもその場では盛り上がるけど……。

「せっかくの工夫も、毎回やると新鮮味がなくなっちゃうしさ」

「そうだよね」

「あと、私発案・私主導で終わると〝私の自己満では……?〟って気持ちに……」

「刺激があって、国崎くんの自発性も引き出せるような工夫かぁ……」

そうやって課題をまとめられると、〝そんな方法存在するのか？〟という気になってくる。あの倫太郎がセックスに積極的になるなんて、よっぽどのことがなければないのではないか。それくらい、私は彼が欲望に溺れているところを見たことがない。めちゃくちゃ見てみたい。

何か名案はないかとうんうん唸って考えていたところ、清枝がパッと顔を上げた。

「ちょっと話が横道にそれるけど、男の欲望が一番顕著に出るのは風俗だっていうよね」

風俗っていったら……ソープ（?）とかデリヘル（?）とか、性的なサービスを受けるお店のことですよね。単語だけで詳しくはよく知らないけど。

すごい方向に話が飛んだな～と思いつつ、「というと？」と清枝に話の続きを促す。

清枝は仕事で話すときのように自分の顎に指をかけ、こう分析した。

「たとえばめちゃくちゃ恥ずかしい性癖を持っている男がいたとして、その性癖がアブノーマルであればあるほど、彼女や奥さんにヒかれないかって不安で打ち明けられないでしょう？」

「確かに」

「もし仮に打ち明けられたとしても、〝ごめんそれはちょっと無理〟って言われるかもしれない。だから風俗に頼る男もいるんだって。アブノーマルなプレイもオプションで最初から設定されてるし、性癖を晒すにあたって心理的なハードルは低いのかも……」

清枝の真面目な考察を聞き、私は黙り込んだ。

数秒後に清枝はハッとして、慌てて撤回してくる。

「ごめん話題をミスった！　今の話はナシ！　旦那持ちなのに風俗の話されても困るよね、ごめん――」

「清枝」

ずいっ、と顔を近づけた。慌てていた清枝の顔がきょとんとする。

私は興奮気味に伝える。

「それ……アリかもしれない！」

んだよ！」

「男の人が一番欲望を曝け出せる場が風俗だっていうなら、私が風俗嬢になりきればいい

それを聞いた清枝は、呆れるかと思いきや……。

「はっ………発想が新しい!!」

「そうと決まれば風俗のサービスについて調べなくちゃ」

「わぁ～マジか、真昼。マジなのかぁ……」

「ネット検索でだいたいのことはわかるかな？」

本の装丁を考えるときは、与えられた課題に対して発想の飛躍と適したデザインが鍵となる。夫婦関係も一緒だ。重要なのは発想の飛躍！　適したソリューション！

夫婦のマンネリ問題も、思いがけない方法でパパッと解決できるはず！

「最初の誘い方をどうするかだよね。真正面から〝私と風俗ごっこしよ！〟って言ってもたぶん〝はぁ？〟って空気になって終わるだろうし……」

「そうだね。いかに国崎くんが真昼の提案に乗るしかない状況を作り出すかが大事……。たとえば、しばらく禁欲させてみるとか」

「えっ」

「何日か焦らした後ならちょっと変なプレイでも乗ってくれるんじゃない？」

「え？」

「焦らす……?」

「〝そんなのしたことねぇ〟って顔してるけど大丈夫?」

「私わりと、いつだってシたい派なので……」

「だからそういうことは言わなくていいんだって!」

でも真面目な話、焦らせた試しがない。そりゃ好きな人と一緒に寝てたらエッチしたくなるし、したくなったら「したい!」って言う。思えば本当に駆け引きとかは無縁だった。

「私がいきなり焦らし始めたら、倫太郎も〝これは何か裏があるな〟って気付くんじゃないかなぁ……」

「じゃあいっちょ芝居でも打つか」

「芝居?」

「怒ってみせるとか。さっき真昼が言ってたみたいに〝全然ガツガツきてくれない!〟って言ってさ。〝もうしばらくシたくない!〟って拗ねてお預けするの。そうすれば仲直りエッチ要素も加わって、燃え上がること間違いなし!」

「天才だね!?」

「もっと褒めていいのよ」

高校時代の友達と話していて何が怖いかって、このテンション。大人になってからの友達とは年相応に落ち着いた会話ができるのに、こと高校時代の友達相手となると完全に当時のテンションに逆戻りしてしまう。場当たり的で刹那的な会話はいつだって楽しい。この日はずっとこんな話で盛り上がり続けた。マンネリな夫婦生活から脱するための疑似風俗プレイと、そこに至るまでの作戦計画。

もし傍で誰か聞いていたら〝何を馬鹿げたことを……〟と思われたかもしれないけれど、私はすごくワクワクしていた。何事もウジウジ悩むより、解決に向けて自分にできることを考えるほうがはるかに楽しい。

——どうすればもっと倫太郎が楽しんでくれるだろう?

そう考えると旅行計画を立てるときみたいに心が弾んで、次々アイデアが浮かんでくる。

馬鹿なアイデアもばんばん出し合って二人で笑い転げていると、清枝は笑いすぎで出てきた涙を指で拭いながら私に言った。

「真昼は本当に変わったよね」

「そう?」

「変わったよ~。高校の頃と比べたら別人みたい」

首を傾げてみせながら、私自身もわかっていた。

私は変わった。大人になってからできた友達は誰も信じてくれないけど、高校生までの私はとてつもない引っ込み思案だったのだ。学校にいても清枝や同じ部活の子としか話さない。交友関係は極狭で、いつでも視線が下がりがちな、クラスメイトともなかなか目を合わせないとっつきにくい女子。

転機となったのはただひとつの大事件。倫太郎が私の彼氏になったことだ。

彼と付き合わなければ、私は今の私ではなかった。フリーランスでやれるほどの社交性が身についたとも思えないし、今みたいに物事を明るく考えられるのも倫太郎のお陰だ。

「あのとき真昼を口説いてきたキラキラ王子が今や旦那なんだから、人生ってすごいよね」

「しかも未だにラブラブだしね！」

「えっ、自分で褒めていくスタイル？」

「マンネリ気味だけど！」

「ラブラブなのにマンネリとは……」

ほんと変わりすぎじゃない？　と清枝が嘆く。

本当に変わったと思う。少なくとも高校の頃の私はこんな浮かれた女じゃなかった。私は身をもって実感した。圧倒的光属性は、傍にいる人間の性格まで変えてしまうのだ。

私を変えてくれた倫太郎にだからこそ、もっといろいろしてあげたい。それこそ日常的なことも、精神面での支えになることも。

もちろん、性的なことだって。

（絶対に楽しませてみせるわ！）

彼を楽しませるために知恵を絞り続けることが幸せ。
結婚生活はエンターテインメントだと、私は思う。

◆三章　嫁からサービス料を要求された話

　定時になり、ナイトマネージャーへの引き継ぎを済ませた。今日も一日大きなトラブルなく過ごせたことに感謝する。ひとたびトラブルが起きれば、定時で帰るなど夢のまた夢になってしまうからだ。ここ最近は定時で帰れることが続いているので有難い。

　地下の更衣室で着替えを済ませ、従業員通用口へ。守衛さんに「お疲れ様です」と挨拶して家に帰ろうと帰路へ一歩踏み出したところで、見知った男二人から呼び止められた。

「待って待って待って国崎！　動き出し早いな！　もう帰るのか！」

「仕事終わったなら今から飲みに行こう！」

　背の高い天パの黒縁メガネの男が大隈《おおくま》で、背の低い短髪のスポーツ刈りの男は文屋《ぶんや》という。二人とも俺の同期であり、部署はそれぞれ企画部とレストラン部。仕事上の接点はあまりないが、同期のよしみで今でもたまに一緒に飲む。両方とも既婚者だ。

「悪いけど今日は無理だ。うちで妻が待ってる」

それじゃあと手を挙げて挨拶し、その場を去ろうとした。しかしすぐさま二人は壁となり、俺は行く先を阻まれる。

「国崎！　待った！」

「嫁が待ってるのは俺らも一緒だ！　たまには飲もう!?」

「こんな急には無理だって」

「せっかく三人とも仕事あがってるんだしさ！　奥さんのことが気がかりなら連絡してみればいい」

しばらく押し問答を続けた末に俺が根負けし、とりあえず真昼にお伺いを立てることになった。〝飲んで帰ってもいいだろうか〟とメッセージを打つ。彼女がスマホを見ているかもわからないし、三分待って返事がなければ今日はまっすぐ帰ろうと思った。

しかし俺の読みに反して、メッセージはすぐ既読になった。一分とせず〝いいよ！（お土産よろしく！）〟というメッセージとともに愉快なクマのスタンプが送られてくる。その画面を覗き込んでいた大隈と文屋は「理解ある～！」と言って、俺の両腕を摑まえ、外へ引き摺り飲み屋へと連れ去った。

「お土産が要るならー……」

「焼き鳥は？　真昼ちゃん好きじゃなかったっけ？」

「真昼ちゃんって呼ぶな。なんでお前が真昼の好みを知ってるんだ……」

真昼に〝ごめん、遅くならないようにする〟と返事を打ち、久しぶりに飲むからには楽しもうと、スマホをスラックスのポケットの中にしまった。


――飲み始めて二時間。テーブルの上に並んでいた食べ物は綺麗になくなっていた。こういった会合はホテルの利用客の目につかぬよう、離れた店で行うことになっている。今夜の店はホテルからタクシーで二十分ほど走ったところにある焼き鳥屋だった。個室は居心地のいい座敷。焼き鳥以外のメニューも豊富で、どれも美味しい。

「どうしたもんかなぁ……」

各々酔いが回ってきた頃。深刻な面持ちでそう口火を切ったのは天パ・黒縁メガネの大隈だった。俺と同じで結婚生活三年目。奥さんは看護師。新人の頃、先輩に誘われて参加した合コンで出会い、三年近く付き合った後に結婚した。その結婚式には俺も文屋も呼んでもらったので、奥さんとは面識がある。小柄でほわほわした雰囲気の、見るからに白衣が似合いそうな女性だったと記憶している。

大隈が赤裸々に打ち明けた悩みはこうだ。

「レスになるかもしれん」

「れす?」

「レスだよ、レス。セックスレス！　どうしよう……」

「はぁ～?」

文屋が〝何言ってんのお前〟というニュアンスで突っかかる。俺は〝それは俺たちが聞いて大丈夫な話か?〟と構えた。奥さんと面識があるだけに、聞いてはいけない話もあるような……。

誰も追及していないにもかかわらず、大隈は勝手に話し始める。

「前々からちょっとヤバい気はしてたんだよなぁ……セックスがパターン化してきたっていうか。気持ちよくないわけではないんだけど、お互い相手の性感帯を知ってるだけに〝あ～ハイハイここでしょ?〟みたいな……」

酔っているせいだろう。ここが個室居酒屋で、気が緩んでいるというのもあるかもしれない。大隈の声は大きかった。

俺は文屋とアイコンタクトをとる。

〝このまましゃべらせていいものか〟

〝面白いしいいんじゃねぇ?〟

文屋が放っておこうぜというスタンスだったので、大隈のことは特に止めなかった。

普段は三者三様でありながらも、ホテルマンの端くれとして細やかな気遣いと紳士的な振る舞いを心掛けているはずだ。それがホテルから離れた飲み屋ではグダグダになって、紳士的とは程遠いトークをしているのだから、お客様が見たら腰を抜かすのではないか。

大隈の赤裸々な嘆きは止まらない。

「そしたら案の定、この一カ月ほどご無沙汰でさぁ」

「言うほどか？　ちょっと忙しかったらそれくらい空かねぇ？」

そう答えた文屋もまた、既婚者だった。現在結婚生活五年目。実は社内結婚で、奥さんは俺たちのひとつ上の先輩。同僚なのでよく知っている。今は確か、浅沼さんと同じブライダル課にいるはずだ。サバサバしていて姉御肌。何かと態度のでかい文屋とはぶつかりがちなイメージがある。いわゆるケンカップルというやつ。

テーブルに伏せていた大隈は、文屋の指摘に恨めしそうにこう答えた。

「知らないのか？　ちゃんと定義があるんだよ。特別な事情なく一カ月以上性交渉がなければセックスレスなんだ」

それは知らなかった。

純粋に俺が「へー」と反応する横で、文屋は「ふん。知っとるわ」と踏ん反り返っている。知ってたのか。これってそんな一般的なこと？

俺が口を挟む暇もなく、大隈がぼやく。

「それに……間が空くと次誘いにくくなんねぇ？　今までどういう導入でセックスに持ち

込んでたか忘れちゃうっていうか……」

文屋はジョッキに入ったビールを飲み干しながらヒートアップしていく。

「かーッ、馬鹿だな！　人間なんだから同じことの繰り返しなんて飽きるに決まってんだろ！　夫婦生活をもたそうと思ったらなぁ、それなりに工夫が必要なんだよ」

「はあ？　そう言う文屋がしてる〝工夫〟って何」

「俺が間男になりきってのイメージプレイとか」

「マジで⁉」

〝ゴホッ！〟と俺は盛大に噎《む》せた。大隈のように「マジで⁉」と返す余裕もないほど衝撃を受け、ビールのジョッキをテーブルの上に置く。

……その話は本当にここでしていいやつか⁉

大隈は普通に感心していた。

「は〜なるほどね〜！　イメプかぁ〜……それはやったことなかったな。盛り上がる？」

「これが意外と盛り上がるんだわ。最初こそお互い演技に入り込めなくて笑っちまうんだけど、段々興奮してくるっていうか……疑似寝取られっつーの？　嫁さんの反応も普段と違ってて」

「えー……寝取られの良さは俺にはわからん……けど相手が喜ぶんならアリか〜。うちはどうなんだろう……」

間男？　寝取られ？

二人は一体何の話をしているんだ。

俺はまったく会話についていけず、噎せた後に残った咳をするだけで黙っていた。しかしそれが逆に二人の注意を引いてしまったらしく、こっちに会話のボールが飛んできてしまう。ボールを投げたのは、間男になりきっているらしい文屋だった。

「国崎のところはどうなん？」

「いや、俺のところは……」

どうと言われても。今の流れで俺が話せることなど何もない。

それとなくかわそうとしたところ、文屋が追撃を仕掛けてくる。

「国崎のところだってそろそろ三年くらい経つだろ。マンネリっぽくなったりしないの？」

具体的に尋ねられるとかわすのは難しい。無視するわけにもいかないし。

仕方がないので端的に答えた。

「うちは……ないな。マンネリとかは特に」

すると、今後は大隈が過剰に反応してくる。

「は〜！　国崎んとこも安泰か！　一体どんな工夫してんのか教えてくれよ！」

「どんなと言われても……」

俺が口を濁すと大隈は〝はッ！〟と何かに気付いた顔で。

「まさかお前んとこもイメプ……!?」

「違う、それはやってない」

俺は間男にはなれない。寝取られ属性もない。

一瞬真昼とのそんなプレイを頭に思い浮かべてみたが、彼女の天真爛漫な性格から考え
て、俺が間男を演じても笑い飛ばされてしまいそうだ。イメージプレイは成り立たない気がする。

(……そもそも)

これまでの夫婦生活の中で、マンネリだなんて感じる瞬間はなかったような……。思い返せば夜の営みは楽しい記憶ばかりで、マンネリとは無縁だった。

それはなぜか?

すっかり泡のなくなったビールに口をつけながら思考を巡らせる。するとレスの危機らしい大隈が、乱暴に俺の肩を抱いて絡んでくる。お陰で俺はビールを零しかけた。

「特に努力せずとも安泰ってことは、国崎んとこの嫁さんはぁ~……どエロいってことか」

「殴るぞ」

下ネタが苦手なわけではなかった。ただ、他の男から真昼をそういう目で見られるのがたまらなく嫌なのだ。それがたとえ仲のいい同期で、冗談であったとしても。

「お……怒んなよ。目ぇ据わってるじゃん……」

「やめとけ大隈。真昼ちゃんのことはあんまりいじるな」

「お前も真昼ちゃんて呼ぶのをやめろ」

こめかみがヒクつくのを抑え、さっき飲み損ねたビールをひと口。それで溜飲を下げた。

ここで怒っても意味なんかないんだ。そう自分に言い聞かせ、平然と嘯く。

「うちの嫁はエロいんじゃない、キュートなんだよ」

「あ～はいはい、ご馳走さま～」

……嘘である。

ほんとは時々、とてもエロい。


会計を済ませて、お土産用に注文していた焼き鳥を受け取った。

帰りは家が同じ方面の大隈と文屋を一台のタクシーに押し込み、俺は酔いを醒ますついでに駅まで歩くことにした。酔った割にはまだ時間も早く、電車も普通に動いている。

帰り道ではさっきの続きを考えた。

俺と真昼がこれまでマンネリと無縁だったのはなぜか？

答えははっきりしている。ぜんぶ真昼のお陰だ。

たとえばセクシーなランジェリー。

たとえば〝四十八手をしてみよう〟という豪気な提案。

きっちり興奮させられてしまったこともあれば、あまりの馬鹿馬鹿しさに二人で笑い転げてしまったセックスもあった。それらはどれも俺の発案じゃない。すべて、真昼が「やってみようよ！」と考えて誘ってくれたものだった。

逆に俺はこれまで、何か提案したことあったっけ？

（……そもそも、最近は俺から誘うこと自体……）

……ないな。全然記憶にない。どれだけ記憶を辿っても、思い出すのは「倫太郎！　エッチしようぜ！」と可愛く誘ってくる真昼の顔ばかりで。

自分たちがセックスレスにならず夫婦円満でいられたのは、ただ真昼が頑張ってくれていたからなのか……。

酔いの気持ち悪さとは違う、ただの決まりの悪さで、俺は一人青褪めていた。

自宅にたどり着いたのは夜の十時を少し過ぎた頃。自分で鍵を開けて家の中に入ると真昼は風呂を出たところだったようで、バスタオル一枚だけ巻いた姿で、体をほかほかさせながら出迎えてくれた。

「あ、お疲れ様！　お帰りなさーい」

「ああ……ただいま。今日は突然悪かったな」

「全然いいのに！　倫太郎はちょっと私に気を遣いすぎだよ～」

真昼はケラケラと笑いながらお土産の袋を覗き込み、「あー焼き鳥だ！」「歯磨きしちゃうところだった！　セーフ！」などと言って盛り上がっていた。

無邪気に笑うその姿を見てホッと気持ちが緩む。こういう彼女だから、俺は一目散に家に帰りたくなるんだと思う。

「倫太郎もまだお腹入りそうなら一緒に食べよ」

「うん」

「私、ササッと髪だけ乾かしちゃうね。先に食べててもいいから」

「わかった」

真昼と脱衣所の前で別れ、俺は一人でリビングに向かった。

テーブルの上に焼き鳥の入った袋を置いて、上着を脱ぐ。そういえば手を洗ってないなと思い出し、台所のシンク……ではなく、脱衣所へと向かった。

脱衣所ではヘッドバンドで額を全開にした真昼が化粧水をつけているところだった。パジャマにはまだ着替えておらず、バスタオル一枚の姿のままだ。

「あっ……ごめん！　髪を乾かすだけと言いつつ！」

「いや、いいんだ。続けてくれ」

「そう……？　あ、洗面台使いに来たんだよね。どうぞどうぞ」

そう言いながら真昼が横にずれて洗面台の前を譲ろうとするので、俺は「いや、違う。そこにいて」と言って真昼の肩を摑み、彼女を元いた位置に戻した。

俺は洗面台と自分の間に真昼の体を挟んだまま、水を流して手を洗う。

「どっ……どういう状況？」

俺に背を向けて鏡のほうを向いたまま、化粧水でひたひたにした手を頬に当て、戸惑う真昼。対して俺は、手を洗いながら考えていた。

真昼にリードしてもらうのを当たり前だと思うのはやめよう。いつも彼女のほうから誘ってもらうばかりでは申し訳ない。男としても立場がないし、ここは一度ガツンと俺のほうから誘ってみるべきだ。

そして思い立ったが吉日。

（よし）

今夜は自分から誘ってみようと決意して、とりあえず体を密着させるところから始めてみた。自然なスキンシップで甘い雰囲気に持ち込み、スマートにベッドに誘いたい。

くっついた真昼からはシャンプーのいい匂いがした。まだ髪も濡れていて、ぬくくて、肌の血色もすごくいい。

（……あ）

思いがけず勃ってしまった。

「んッ……倫太郎っ……」

バスタオル一枚に覆われた彼女の尻に、股間の膨らみが挟まっている。

真昼はムッとした顔でこっちを振り返った。頬をほんのり赤らめて、恥ずかしそうにしている。その顔にムラッとする。俺のセックスアピールは成功したということだろう。

このまま、彼女もやらしい気分になっているうちに——どうすればいいんだ？

「……倫太郎？」

「あ……いや」

レバーを上げて水を止め、その次の行動に踏み出せずにフリーズした。

この後はどうすればいい？　真昼なら「エッチしよう！」と明るく自然に可愛く誘うだろう。でもそれは真昼だから許されるのであって。俺が今ここで意気揚々と「エッチしよう！」と言うのは、何か違うような……。何が違うんだろう。キャラの問題か？

（……世の夫たちはどうやって嫁を誘ってるんだ？）

ちょうどいい誘い文句が思いつかぬまま、嫁の尻にモノを擦りつけ続けている。これじゃあただの変態だ。真昼も恥ずかしそうというより、今は不思議がっている。〝この男は一体何をしているんだ？〟と。

「ええと……その」

なんでもいいからとにかく誘う言葉を……いや、なんでもいいはずないだろう。誘うからには雰囲気というか、真昼の気持ちが高まるような、何か気の利いた……。

そんなことをぐるぐる考えているうちに、真昼が先に口を開いた。

「倫太郎、早く焼き鳥食べようよ」

「え。……あ、うん」

今日こそ誘ってみようと奮い立たせた勇気は、それで完全に萎れてしまった。

(焦るな焦るな)

相手は俺の嫁だ。ここで少し二の足を踏んだとて彼女は逃げたりしない。それよりも、その気のない真昼を俺の勝手で抱くほうが問題だ。彼女の気分はちゃんと見極めなければ。

そしてこの日は二人で焼き鳥を食べ、何もせず仲良く眠った。


――一週間が経った。

(やる……俺はやるぞ!)

自分から真昼を誘うと決めて一週間。あれから毎晩一度はトライしているが、結局まだ一度も真昼のことをきちんと誘えていない。今日こそは絶対に、俺のほうから真昼をセックスに誘ってみせる。

〝何をそんなことで手間取っているんだ〟と笑われてしまうかもしれないが、俺だってこんなに苦労するとは思ってなかったんだ。これまでたまたま俺から誘うような場面が巡ってこなかっただけで、その気になればサラッと誘えるだろうと思っていた。

しかし……。

「電気消すねー」

「あ、うん……」

真昼が二人のベッドに潜り込んできて、リモコンを使って部屋の明かりを消した。

真っ暗になる寝室。流れる沈黙。

(真昼はもう寝る気なのか……)

暗闇に目が慣れてきた頃にちらっと彼女のほうを見ると、俺に背を向けていた。ここ一週間ほどずっとこうだ。前までは部屋を暗くした後で真昼のほうから俺にくっついてきて、イチャイチャして、そのまま行為に突入する……ということも、ままあったのだけど。

流れで押し倒せればそれが一番いいのだが、こう背を向けられたのではそこまでの雰囲気に持ち込むことも難しい。さりげなく「しよっか」とでも言ってみるか？　でも「何を？」と無垢な目で返された場合はどうすれば？　俺が勝手にサカってるみたいになるのは恥ずかしすぎるだろ。

(アホくさい……もっとスマートに誘えないのか俺は)

頭で悶々と考えてばかりで、実行に移せない自分に嫌気がさしていた。

俺は寝返りをうって真昼のほうを向き、寝そべったまま彼女の髪に手を伸ばした。ドライヤーでブローされた毛は柔らかくて触り心地がいい。気持ちよくてしばらく指で梳かし続ける。真昼はもう眠ってしまったのか、ぴくりとも反応しない。

（一週間……）

俺が誘えていないことを差し引いても、俺たちが一週間もセックスをしていないのは珍しかった。三日に一度、少なくとも四日に一度は、真昼のほうから「エッチしよ！」と明るく誘ってきてくれていたから。

それがなぜ今回は一週間も何もないのか？

それが、俺が未だにセックスに誘うことに踏み切れず手をこまねいている理由でもあった。真昼はあまり性交渉をしたくない時期に入っているのかもしれない。それなら今誘ったところで〝空気の読めない男だな〟と思われるだけで、彼女を喜ばせることもできず逆効果になる。

（ああ……）

髪を梳いていた手を彼女の首筋へ滑らせる。パジャマの衿ぐりを少しだけ引っ張ると、彼女の可愛い肩が露出する。一週間も性交せず、自分から誘うことを見越して自分でも処理しなかったがために、かなり溜まっていた。

一度下半身のムズつきを感じるとそれはどんどん増幅されて、たまらない気分になってきた。俺は少し体を起こし、背を向ける彼女の傍に寄り、露出している肩に〝ちゅっ〟と口づける。

「ん……」

唇の表面で感じる彼女の柔肌。しっかり保湿されているのかモチモチしていて、彼女特有の清潔でさっぱりとした、なのにどこか甘さの混じる匂いがする。

片腕の肘から手までを使って自分の体を支え、彼女の肩に口づけることに夢中になった。

「っ……んむ……はぁッ……」

真昼が起きないのをいいことに〝ちゅっ、ちゅっ、ちゅっ……〟と唇を落とし、たまに舐めたりもした。少し汗ばんできて匂い立つ彼女の肌は、繋がっている最中のソレを彷彿とさせる。

一週間射精していない状態の下半身には刺激が強すぎて、強烈な射精欲が湧きあがる。

俺は彼女の肩にむしゃぶりつきながら、本能的に自身の股間へと手を伸ばし——途中でやめた。

（落ち着けよ俺……）

寝てる嫁をおかずにヌくなんて変態か。真昼が起きたらなんて言い訳するんだよ……。すんでのところで冷静になり、〝ごめん〟と心の中で謝って、真昼の肩をパジャマの中にしまった。ギンギンと痛いくらい膨張している股間をどうやって鎮めようか頭を悩ませながら、布団を被りなおして真昼に背を向ける。無理やり目を閉じる。

(悶々する……)

いっそトイレで処理してから寝るか。でも寝室から出ていくときに真昼を起こしてしまいそうだ。できるものなら鎮まるのを待って、このまま眠ってしまいたい……。

そう考えていた最中《さなか》、不意に〝ガバッ!〟と掛布団が捲れ上がった。

「――え」

驚いて背後を振り返る。

真昼が勢いよく体を起こし、ムッと怒った顔で俺のことを見下ろしていた。

「なんでソコでやめちゃうかな!!」

「え……?」

「あんなエッチな感じで肩にキスしまくってたら普通そのままヤるでしょ! あそこで諦められるの理解不能! 倫太郎の性欲はコントロール自在なの!?」

「あ、えっ……起きてたのか?」

突然まくし立てられてびっくりしたのと、真昼が起きていたことに度肝を抜かれたのと、夜なので騒ぐのはやめてほしいのと……。思うところがありすぎてリアクションをうまくとれなかった。とにかく真昼は怒っている。

どうにかなだめねばと俺も体を起こし、ベッドの上で彼女に向き合った。すると〝ビシイッ！〟と胸に人差し指を突き立てられる。

「最近のきみの態度はまったくもってイカン！」

「お、おお」

あまりの気迫に気圧《けお》されてしまった。

真昼はそのままのポーズで俺に説教をした。

「受け身すぎるよ！　紳士的と言えば聞こえがいいけど、もっとこう……昔みたいにガツガツさぁ！」

「ガツガツ……」

「だいたいエッチに誘うのが私ばっかりってどういうこと!?　倫太郎は私とシたくないわけ？　いつも私に渋々合わせてるだけ？」

「ばかっ……そんなわけないだろ」

今の言葉は心外だ。俺だって真昼とシたいに決まっているのに。

「今日は俺から誘うつもりだったんだよ」

「ほんとかなぁ～……。だって、今私に背を向けて寝ようとしてたよね？」

「だから、それは」

真昼がそういう気分じゃないかもしれないと思って、断念してしまっただけで……。

そう説明しようと口を開きかけたが、言い訳がましいのはよくないかと思い留まる。それに真昼の今言ったことが本心だとするなら……やっぱり不満に思われていたのか。

真昼は言葉を止めた俺に痺れを切らし、ぷりぷり怒りながら「おやすみっ」と言って再び布団に潜り込んでしまった。今度もまた、俺に背中を向けて。

残された俺は自分の首の裏をさする。

(あー……これは、やらかした……)

真昼が機嫌よくニコニコ笑ってくれていたからといって、イコール何も不満がないということではないってことを、俺は学習しなければならない。

自省のため息をついてから、俺も真昼の後を追って布団に潜り込んだ。今度は背を向けずに真昼の背中に張り付き、後ろから緩やかに抱きしめる。

「……ごめん、真昼。次から気を付ける」

真昼は無言だった。けれど抱きしめても拒絶されないので、接触はイヤではないらしい。

〝これは体に訊いたほうが早いかも〟と思い、俺はその方向に舵を切る。

「真昼も今晩シたいと思ってくれてたんだな……。それなら今からでも、どんな風に触ってほしいか教えて」

言いながら、パジャマの胸元に手を忍ばせる。

そうだ。最初からこうやって誘えばよかったんだ。〝真昼の気分にもよる〟と思って尻込みしてしまったが、体を触っているうちにその気になってくれれば結果オーライじゃないか。

さっき一度自分にお預けを課していたことも相まって気持ちが急いていた。しかし、俺の手は彼女の乳房に到達することなく真昼の手に捕まり、更なるお預けを食らう。

「誰が〝今晩シたい気分〟って言ったの？」

「え？」

「私、そんなこと一言も言ってない」

何を今更……と思ったが、こちらを振り返る真昼の目はマジだった。

大マジだ。目が〝は？　別にシたくありませんけど？〟と言っている。

そして言われてみれば、確かに真昼から「シたい」という言葉は聞いていない。

（そんな……）

「おやすみ～」

真昼はぷいとそっぽを向いて、俺に背を向けたまま眠りに入ろうとする。

〝体を触っているうちにその気になってくれれば結果オーライ〟と思っていた数秒前の自分を罵倒したい。馬鹿め。そもそも体を触らせてもらえないパターンもあるんだぞ、知っていたか馬鹿め……。

（とりあえず………寝るか）

かなりショックを受けていたし、とても眠れる気分ではなかったが、今真昼を無理やり起こして話し合うのは得策ではないだろう。また明日、冷静になっているときに話し合ったほうがいい。

拒否はされていないし、今晩はこのまま真昼にくっついて眠ろうと思った、そのときだ。

〝すり……〟と、何かが俺の股間を撫でた。

「ん……」

真昼の手だ。

真昼が、俺に後ろから抱きしめられた状態で後ろ手に俺の股間を触っていた。

「……真昼。やめて」

「倫太郎、怒られたくせに勃ってる」

「っ……」

それはさっきまで真昼を抱けると思っていたからで。

パジャマのズボン越しに股間を撫でてくる手がなんとももどかしかった。慣れない刺激にいちいち腰がビクつく。彼女の声はその反応を面白がるように笑っていた。

「すごい……脱ぐ前でもこんな風になるんだね」

「っぁ……」

「いつもあんまり触らせてくれないから、知らなかった」

俺は圧倒的に〝してもらう〟よりも〝してあげる〟ほうが好きだ。たまに真昼が気を遣って俺のモノを慰めようかと訊いてくれるが、いつも遠慮してしまう。単純に、そんなことをしてもらうのは申し訳ないという気持ちが半分と、されている間どうしていればいいかわからないという苦手意識が半分。

意図的に避けてきたからこそ、今のこの状況は異様だ。

「ふッ……っ……！」

「倫太郎？　……感じてる？」

「っ、か……感じて、ないっ……」

――めちゃくちゃ感じている。

逆手になっているせいか真昼の手はいっそうたどたどしく、かつ、大胆に俺のモノを弄んだ。気を付けていないと声が出そうなほど、気持ちいい。

（ああ……もっと触ってほしい、けど……）

まさか自分から、「直接触ってくれ」などと言えるはずもなく。

それが言えるなら彼女を誘うのに一週間もかけたりはしなかった。俺は、俺が気持ちよくなるために真昼に何かをお願いするのが嫌なのだ。

ＷＩＮＷＩＮであるならまだいい。彼女を気持ちよくした結果、俺も気持ちよくなれるのなら、それが一番いい。それには互いの凹凸を擦り合って気持ちよくなるセックスが一番合理的だった。

（真昼はしたくないんだよな……）

今晩はそういう気分ではないとさっき言っていた。しかし何かがどうにかなって、そういう気分になってくれはしないだろうか。抱かせてほしい。

「真昼っ……」

懇願するように、名前を呼びながら彼女の手に自身を擦りつける。

これまで少なくとも三、四日に一回は抱き合っていた。例外といえば真昼が生理のときくらい。それも、期間が過ぎればすぐに元通り、いつものように愛し合っていた。

こんな風にお預けを食らうのは、初めてだから。

「倫太郎、鼻息荒くなってるよ」

「んッ……」

指摘されて、羞恥心から呼吸を抑えようとしたが無理だった。真昼に指摘された恥ずかしさも相まってか、彼女の手に擦りつけるだけでも気持ちよくなってきた。

（あっ……あぁっ……）

俺はぎゅっと彼女の体を抱きながら布団の中で腰を揺り動かす。

発情期の動物みたいだな、と客観的に思った。

そんな俺を見かねてか、真昼がこちらを振り返る。

「倫太郎……」

焦らすのはやめにして、そろそろ体を許してくれないか。

慣れない禁欲で下半身が馬鹿になっていた。こんなにみっともなく自分から腰を押し付けて、カクカクと振って。

真昼は悪戯っぽく口元をにんまりと笑わせていた。

（……なんだ？）

あまり見たことのない種類の笑い方だ。含みがあるというか、よくないことを考えているというか。

嫌な予感を抱えたまま待っていると、彼女は言った。へらっと屈託なく笑って。

「手でするなら三千円。口でするなら五千円♡」

その言葉の意味を理解するのに少し時間がかかった。

束の間フリーズした俺は腰を振るのを止めて、考える。

「……えっ⁉」

「だって射精したいのは倫太郎の都合でしょ？」

「そうだけどっ……」

真昼がそう言えば、そうなんだろう。つまり彼女はこの状況でも特にムラムラしていないということ。彼女の言うことはもっともだが、なんだか言いようのない寂しい気持ちに襲われた。〝そっちの勝手でしょ？〟に似たニュアンスのその言葉には、とてつもない心の距離を感じる。

真昼はあっけらかんと言い放つ。

「別に必要ないならいいんだよ。倫太郎のココが苦しそうだから提案してみただけ」

「ッ……やめろ、引っ掻くなっ……」

焦らしに焦らされて敏感になっている膨らみを、真昼が爪でカリカリと引っ掻いてくる。さっきまでとは違う刺激に腰がビクッと震えた。射《だ》したい。しかし射精をするのに必要な刺激にまでは、まだ全然足りない。

金を払えば真昼が協力してくれると言った。だけどどうなんだ？　夫婦間での行為に金銭が発生するなんて。対価を支払って抜いてもらったら、それは風俗と変わらないんじゃないか。俺たち夫婦の間で、そんな馬鹿げたこと……。

熟考するまでもなく、真昼の提案は却下だ。普通ならば。

（……ただ）

少しだけ。ほんの少しだけ、気になっていることがある。

先ほど真昼が提示してきた条件を思い出す。

〝手でするなら三千円。口でするなら五千円♡〟

（口でしてもらうのって、どんな感じなんだろう……）

真昼からは何度か提案されたことがある。でも申し訳なくて、一度もしてもらったことがない。興味がないわけではないのだが、いつも〝真昼にそんなことさせられるか〟という気持ちが前に出て、頭の中の俺が却下をするのだ。

でもこのときばかりは溜まっていたせいもあってか、頭がなかなか〝NO〟を出さない。断ることもせずただ真昼の唇を見つめ、口の中の感触を想像する。

そんなの、絶対に気持ちいいに決まってる。それはわかっているんだ。

「倫太郎。迷ってるね」

またしても真昼に心の中を見抜かれて、動揺した俺はたじろいだ。

「……迷ってなんかない」

「じゃあどうする？　三千円？　五千円？　それともやっぱりやめておく？」

ここで俺が「やめておく」と答えたら、真昼はこのまま就寝するつもりに違いない。そしたら俺はなんとか自分でコレを鎮めて眠るしかないわけだが。

「どうするの、倫太郎」

判断を迫ってくる真昼の、唇から少しも目が離せなくなっていた。その時点で負けは確定。小さな口が僅かに開いていることに猛烈に心を奪われて動悸が激しくなる。〝夫婦間でありえない〟と思うのに、生まれてしまった好奇心に抗えない。

頭が沸騰しそうだ。

「…………五千円は前払いか？」

尋ねると、真昼は意外そうに目を丸くした。

まさか俺が乗ってくるとは思っていなかったかのように。

俺は早速後悔していた。彼女から提案してきたとはいえ、妻を金で買ってしまったことに。そして三千円のほうではなく、五千円のほうを選ぶ男だとバレてしまったことに、絶望していた。真昼も俺を軽蔑したんじゃないだろうか。

〝冗談に決まってるでしょ！〟と怒られることも覚悟して待っていると、彼女は俺の腕をほどきながら起き上がった。

「真昼……？」

「後払いでいいよ。そのままそこに寝てて」

「あ、ああ……」

あれ。成立してしまった……。

体を起こした真昼が俺たちの上の掛布団を捲り、足側へと移動する。〝そこに寝てて〟と言われたのでその通りに待機するが、あまりに、落ち着かない。

移動する真昼の姿を目で追う。

俺の足のほうで膝立ちになってズボンを脱がせようとしてくる彼女は、なんだか知らない女のように見えた。戸惑っている顔を真昼に見られたくなくて、俺は腕を自分の顔に押し当てて表情を隠した。

「ちょっと腰浮かしてくれる？」

なんて情けない格好なんだと思いながら、従う。両足で踏ん張って腰を浮かせ、尻とベッドの間に隙間をつくる。真昼の細い指が俺のズボンのウエスト部分にかかり、そのまま下着ごとズボンを引きずり下ろそうとする。

「んッ……大きくしすぎだよ。パンツに引っかかって脱がせるのが大変……」

「黙ってやってくれ」

実況はやめてほしい。恥ずかしくて死んでしまう。

真昼の言う通り、俺のモノは先端がボクサーパンツの布地に引っかかって下方向に押さえ込まれていた。それが邪魔をして、彼女は思うように下着を脱がせられないらしい。

この状況が続くほうが恥ずかしいので、腰を浮かせたまま自分で下着の中に手を入れて隙間をつくり、彼女が脱がせやすいようにする。「ご協力どうも」と笑われ、ズボンと下着を下ろされた。抑圧から解放された陰茎がぼろんと露わになる。

この段階でもまだ信じられない。

本当に口でするの？

「こんなに近くで見ることなかったから、変な感じ」

そう言いながら真昼は自分の髪を耳にかけ、屈んで俺のモノに顔を近づけてくる。目を閉じて〝すんっ……〟と嗅いでくる。これぱっかりは風呂上がりじゃないと無理だ。風呂上がりでも、結構ギリギリだ。

真昼は薄く目を開け、こちらを見ながらチュッと亀頭にキスする。

「ま……まひ、るっ……」

とても見ていられず、手を伸ばして真昼の顔を俺のモノから遠ざけようとした。しかし伸ばした手はパシッと彼女の手に捕まって、指を絡めて握り込まれる。

両手同士を繋いだ状態で、真昼の舌が俺の陰茎を這った。

彼女の舌の熱さたるや。

「……こんな風になっちゃうなんて、エッチだね」

「ッ……！」

「すごく反ってる……」

小さな舌の先端で、〝つつつ……〟と裏筋を舐め上げてくる。カリの部分に差し掛かると俺のモノがビクンと反応してしまって、真昼はそれを嗤って先っぽを口に含み、吸い始めた。

「うっ……はぁッ……だめだ、それはっ……」

「ん……ふ……こぉ？」

たどたどしくも歯を立てないように気を遣ってくれている。口の中の熱に晒される感覚は新鮮だったが、刺激はさほど強くない。

けれど。

(……顔を見てるだけでイきそうだ)

ただ真昼に口で奉仕されているということが、何よりも興奮材料だった。

「ん……倫太郎の匂い。味も、こんなんだったんだ……」

「あぁッ……」

ぱくっと丸呑みされたと思うと、勢いよく〝ぢゅぢゅっ!〟と吸い上げられる。真昼の熱い口の中の感触。鈴口に溢れるカウパーを激しく舐め取られ、あまりの気持ちよさに身震いした。足の爪先まで突き抜けんばかりの快感。腰が抜けそうになる。

「真昼……っ!　真昼!　もうっ……!」

「だひてひひよ」

出していいよと言うなり更にもう一段、深く咥え込まれた。

——出していいわけあるか。

彼女の喉を突かないように腰を引いていたのに、その甲斐もなくぐんぐん呑まれていく。

真昼は少し苦しそうに眉をひそめながら一生懸命俺のを口で扱き、射精を促してくる。

「まひるっ……!」

真昼の口内で性器が痛いくらいに張り詰め、理性が消し飛びそうなほどの激しい快感に泣きたくなった。この域まできてしまうともう止めようがない。

最後に彼女の喉がきゅぅっと締まって、その刺激に我慢できず、俺のモノは爆ぜた。

「くぅッ……!!」

ビクビクッ！　と大きく痙攣しながら、真昼の口腔に熱い飛沫を吐き出す。

真昼は俺の太腿を外側から摑んで固定し、口を離さず、涙目になりながら俺の先端を吸う。お陰で射精はなかなか止まらなかった。

「はッ……う、あぁっ……！」

真昼の喉が小さく動くのが見えて、動揺する。

長く続いた射精がおさまると、ようやく真昼は俺のモノから口を離した。

「んっ……いっぱい出たね」

「……飲んだのか？」

口の端には俺の精液が垂れていた。

濡れた唇を手の甲で拭いながら、真昼は艶めかしく笑う。

「飲んだよ～。倫太郎のだもん」

「っ……」

倒錯的なんてもんじゃない。決して汚してはいけないものを汚してしまったという、確かな〝やってしまった〟感。いつもの射精後よりも動悸が激しく、出した直後だというのに、俺のモノは萎えていなかった。

射精させてもらったのに、これじゃあ意味がない。

「すごい、全然萎えてない」

真昼は自分の指に残った精液をぺろっと舐め取りながら、俺のモノを覗き込んだ。バツが悪すぎて俺は目をそらすことができず、コメントに困り「面目ない……」とだけ返した。

すると真昼が俺の足側から上がってきて、体の上に跨がってくる。

「ま……真昼？」

強烈な色気を放って、まるで別人みたいに。

「なんだか私も……欲しくなってきちゃったな」

「は」

真昼は俺の腰を脚で挟むように膝立ちになったまま、自分でパジャマのボタンをはずし始めた。〝いや、それは俺の役目……〟と場違いなことを思っているうちに彼女はすべてのボタンをはずし終え、次はパジャマのズボンとショーツを脱いでいく。俺のすぐ目の前で突如始まったストリップショー。

あれよあれよという間に真昼は、パジャマの上一枚だけを纏った扇情的な姿に変わった。下は何も穿いておらず、ひらめくシャツの裾からアンダーヘアが見え隠れする。

「倫太郎、ここに入れたい？」

問いかけとともに、真昼の細くしなやかな指が彼女の秘裂を開いた。〝ぬちゅっ……〟と音をたてながら露わになったソコはしとどに濡れ、ヒクヒクと俺のことを誘っている。

——ゴクッ、と生唾を飲んだ。

真昼はそのまま腰を落とし、反り返るほどいきり勃った俺のモノの先端を自分で穴へ導こうとする。そこで俺はハッと正気に戻った。

「待っ……ゴム！　するにしても、先にゴムをっ……」

まだ着けてない状態で、ぬるついた俺の先端に局部を擦りつけてくる真昼。俺はハラハラしながらチェストの引き出しに手を伸ばし、手探りで避妊具を探す。

「あっ……どうしよう、おっきい……入んなっ……」

「っ……！　だから、まだだって…………んあっ」

〝くぷっ……〟と亀頭が蜜口の中に沈む。避妊具を介さないダイレクトな感触に下半身が勝手に期待し、動き出してしまいそうだった。急がなければ真昼はこのまま奥まで入れてしまうつもりだ。

「っ、くそっ……！」

角度的によく見えない引き出しの中を漁り、手に目的の物がぶつかる感触。

「あった……」

かなり荒らしてしまった気がしたがそれどころではなく、引き出しを開けたまま雑に放置し、避妊具の封を切って自身に装着した。もういつ挿れても大丈夫だ。

俺のモノはずっと硬いままだった。〝これで目いっぱい真昼を気持ちよくできる〟と俺が密かに息巻いていると、真昼が腰を浮かせたままニコッと色っぽく笑った。

「本番は一万円ね」

「は」

……また金を取るのか?

さっき「私も欲しくなってきちゃった」って言ってたじゃないか。しかも自分で俺の先っぽを入れてただろ。ゴムなしで。

真昼はわざとらしいほど能天気な声で言う。

「別に挿れたくなかったらいいよ〜。しないなら今日はここでおしまい」

「何言って……」

膝立ちの彼女は、あと少しで挿入ができそうな高さで止まったまま。俺の陰茎はずっと焦らされ、期待し、もはや自分の性器ではないように思えるほどびくんびくんと脈打っている。

「ねぇ、どうしよっか?」

真昼は俺の答えを待っていた。ふと目が合った後に彼女の口元を見てしまい、〝この口がさっき俺のモノを……〟と思い出すとクラッときた。頭の奥が熱い。オーバーヒートしたパソコンみたいに熱を持っている。

ギラギラとした欲望が頭の中に渦巻いて、ただただ真昼を犯したくてたまらなかった。

（……犯……）

……いや、ちょっと待て。

そんな一方的な欲望で抱くのは、よくない……。

「倫太郎が選んで」

選んでと言いながら、真昼は自分から蜜穴を広げて見せた。そのポーズが悩ましすぎて息を呑む。内腿にまで垂れるほどの愛液を零して俺を誘っている。視覚の暴力。下半身にずくんずくんと血液が集まっていくのを感じる。

さっき一瞬ナマで亀頭を呑み込んだのも彼女の作戦だったと気付いた。あの感触を俺のペニスに覚え込ませて、選択の余地をなくしたんだ。現に俺の頭の中はもう——。

「……一万でいいんだな？」

「倫太郎、顔真っ赤になってる」

「真昼。払うから早くっ……」

俺が降伏を宣言すると、真昼はこれまでの誘惑的な笑い方とは違い、いつもの天真爛漫な笑顔とも違い——慈しむような優しい笑顔を浮かべ、「うん」と返事をした。

見慣れないその笑い方に俺が釘付けになっている間に、痛いほど勃起していた俺のモノは彼女の蜜壺の中へと滑り入っていく。

「あッ……入っ……！」

「ッ……!!」

ゆっくり挿れようと思っていたのに、真昼は自ら勢いよく腰を落とした。一気に最奥まで貫いた感触。熱くて、ドロドロで、想像以上に気持ちいい。

「あっ……はぁっ……ん、動くね」

「んんっ……は……え、真昼が……？」

「だって倫太郎は一万円を払うんでしょ。私がしてあげる」

「あッ……」

そう言って真昼は、俺の上に跨がったままゆるゆると腰を動かし始めた。

彼女が上になってするのはこれが初めてだ。騎乗位は女性が疲れると聞いたので、フェラと同じで真昼にしてもらうのは忍びないと思っていた。というか、初めてでそんなにうまくできるものなのか……？

「っ……真昼、無理しなくても……」

「無理じゃないよっ……あっ、はっ、あぁっ」

膝でベッドを蹴るように弾みをつけ、真昼の体が俺の上で跳ねる。先端ギリギリまで引き抜いては一気に深く下ろす。その動きをリズミカルに繰り返す。〝たぱっ、たぱっ〟と彼女の尻の肉が俺の腰に当たる音と、結合部で愛液が混ざる音が寝室に響いた。

俺は一生懸命腰を振る彼女を見上げながら尋ねる。

「……なんでもうこんなに濡れてるんだ？」

「んっ、んっ、ふっ……あ……訊かないで……」

「俺のを舐めて濡らしたの？」

「んんっ……！」

真昼は自分の手の甲を口に当てて声を抑えていて、俺の質問には答えてくれない。代わりに頬を赤らめて、ぬかるんだ膣の中できゅうきゅうと俺を締め付けた。「そうだ」と肯定されたような気がして、真昼がそんなことで感じていたという事実に、意味がわからないくらい興奮した。

真昼は休むことなく腰を振り、俺の様子を窺ってくる。

「あっ、あっ、あんっ……ねぇ……倫太郎はこれ、気持ちよくない……？」

「あ……んと……」

答えに迷う質問だった。

勃起はしている。興奮もしている。ただ、真昼に乗っかられて腰を振られて気持ちいいかというと答えは微妙だ。やっぱり俺は根本的に自分の快感だけを追えない性質のようで、こうして彼女から攻められていると、どうも落ち着かない。決して真昼が下手だとは思わないが、俺自身、自分が気持ちよくなることに集中できないでいる。

（真昼には悪いけど、ここは攻守交替で……）

角の立たない言葉で彼女を説得し、俺が上になろうと思った。

しかし俺が声をかけるよりも先に、真昼が体勢を変える。

「んっ、しょっ……と。……こうかな」

今まで背筋を伸ばして上下に跳ねていたが、今度は背を反らし、自分の尻より後ろに両手をついた。挿入の具合も変わり、俺の陰茎は引き上げられるような刺激を受ける。

その体勢が特段俺にとって気持ちいいというわけではなかった。けれどさっきまでとは決定的に違っていた。真昼が体を反らしたことで露わになる、揺れる下乳。そして見せつけられる結合部。何より、頬を上気させ色気の増した真昼の表情――。

小刻みに、リズミカルに動きを再開しながら、真昼が喘ぐ。

「あっ……これ、すごい……イイところに当た……んぅっ……」

真昼はきっと、俺を気持ちよくさせようとして乗り方を変えてみたんだと思う。たぶん最初は、そうだったんだろう。しかしそれが存外に真昼にとっていいポジションだったらしく、彼女はスイッチが入ったように乱れ始めた。

「やだっ……あ、やっ……あぁっ！」

感じていることに恥ずかしそうに目を伏せて、そのくせ、後ろに手を突いたまま艶めかしく腰をくねらせている。尻をクイックイッと小刻みに持ち上げ、俺の勃起しているペニスを使って自分のイイところを何度も擦って。

「ごっ……ごめんね倫太郎っ……私これ、すごく、気持ちぃっ……アッ……！」

「っ……！」

快感は得られないはずだった。真昼に乗られて腰を振ってもらっても、してもらうのは性に合わないから全然気持ちよくはなれないだろう、と。

それなのに、なんで。貪欲に快感を得ようと俺の上で腰を振って、だらしない顔でぶるんぶるんと胸を揺らしている真昼を見ていると――正直、今すぐにでも射精しそうなくらい気持ちいい。

「あっあっ、あっ……だめ……倫太郎を……気持ちよく、したい、のにっ……あぁんッ！」

本能に抗えない妻の痴態。それに利用されている俺の性器。下から眺めているだけで「はぁーっ、はぁーっ……」と自分の息が荒くなっていくのがわかった。さっきまではなかった衝動がむくむくと膨れ上がり――ついには突き上げてしまった。

「っ、あ、あ……!!」

急な突き上げに真昼は目を見開き、体をガクガクと震わせた。俺はそれを見ながら二回、三回と連続して力を込めて腰を真上に打ち付け、彼女の弱いところを突く。

「はぁッ！　あんッ！　だめぇっ……ふッ！　んんッ！」

「あーすごい……キツっ……」

「ダメ！　倫太郎は動かないでっ……」

「いやだ」

「私をっ……気持ち、よく、しようと……しなくていっ、からっ……」

「……違う、そうじゃないんだ」

「え……？」

いつもの俺の発想と同じだと思われると後ろめたくなる。いつもは確かにそうなんだ。

真昼を気持ちよくすることがすべてで、それこそが俺の喜びだった。

じゃあ今のこの感情は何だ？


（ただ真昼を……ぐちゃぐちゃにしたい）

自分の中で何か、イケナイものが芽生えたような気がした。

◇四章　一万五千円のラブロマンス

「う、あぁっ、あ、あんっ、あっ！　あんっ！」

　私が彼の上に跨がっていたはずなのに、攻められているうちに上下はいつの間にか入れ替わっていた。ぶつかり合う恥骨と恥骨。今、倫太郎は私の体の上に覆いかぶさって抱き込んで、がむしゃらに腰を振っている。

「真昼っ、真昼っ……！」

「あぁんっ……！」

　いつもの彼なら考えられない粗暴な腰遣い。いつもまるでリラクゼーションみたいな優しいエッチばかりだったのに、今の倫太郎は自分の欲望に従って私を蹂躙している。身動きも取れないほどきつく体を抱いて、打ち付ける腰にも体重を乗せて。

　なんて自分本位なセックスなんだろうと思い……それが今の私には、たまらなく気持ちよかった。

「がッ……んんっ！　はっ、あぁッ……！」

（倫太郎……めちゃくちゃ声出てる）

体力を消耗するほど激しく動いているせいだろうか。普段彼のペースでするセックスで倫太郎は決して声をあげない。自分がイくのは最低限になるようにコントロールしていたんだと思う。私は今みたいに、声を漏らすほど私とのセックスに没頭している倫太郎にきゅんとする。

本気で求められていると思うと頭の天辺から足の爪先まで痺れて、おまけに涙まで出てくる。荒ぶる倫太郎の下、私自身もいつになく乱れまくっていた。

「あっ……あぁっ！　りん、たろっ……きもち、いっ……気持ちいいよぉっ……！」

「真昼っ……」

声も体も膣も手脚も、そのすべてが倫太郎を〝大歓迎〟と言って悦んでいた。

「あっ、あァッ……俺も気持ちいっ……腰が、止まらないっ……！」

互いの喘ぎ声を興奮材料にして、浅ましいほど本能に従順に、性器を擦りつけ合って気持ちよくなっていく。高みに昇っていく。頭がぼーっとする。

荒い腰遣いで奥を捏ねられるほど濡れた音が大きくなり、私のナカが溢れ、喘ぎ声は甲高くなった。そのひとつひとつが彼の理性の皮を剝ぐのか、彼の律動は激しくなる。

「はんっ、あぁっ……やあぁぁあっ！　もっ、イってる……イってる、からっ……！」

「ん、んんッ……真昼っ……ダメだ、もう少しっ……！」

この時点で私はもう何度も達していて、そのたびに入口の痙攣で彼のモノをきゅうきゅう締めつけていた。彼から精液を搾りとらんばかりのその動きは倫太郎にとっても強い快感を伴うようで、私がイくたびに彼の口から「くッ……」と苦しげな声が漏れる。

いつもなら私に合わせて一緒にイってくれるか、自身を抜き去るかのどちらか。だけど今日は射精を堪え、いつまでも腰を振り続けていた。一度私の口の中に出したので持ちがいいのかもしれない。

なるほど。口でするのにはそういうメリットもあるのね。

（ただ……持ちがよすぎるのも困りものかも……）

達して震えている奥を執拗に捏ねられる。倫太郎はまた私をイかせようとして、抉るように突き上げてきた。

「あうっ！　んあっ！　あ！　ああぁっ！」

貫かれるたびに私の口から出ていく嬌声。いつまでも終わらない律動に、私はさすがに怖くなって、倫太郎の胸に手を添え、押して距離を取ろうとした。

しかし彼はそれを許さなかった。

「まだ」

「もっ……無理っ、だってばっ……！」

「まだだ」

「あっ……ンンっ!!」

〝もう許して〟と懇願したくなるほど容赦なく攻め立てられて、私は息も絶え絶え。終わらない行為と淫らに作り替えられていく自分の体に恐怖しながら、それとは反する感情も持っていた。

(――ああ、最高)

私を気遣うばかりで自分の快感に無頓着だった夫が、まさかこんな風になるなんて。うちのベッドがこれほどまでにギシギシと軋むことが未だかつてあっただろうか？　ちょっと記憶にない。

倫太郎は私を逃さぬよう体をひしと抱いて、より一層強く腰を揺さぶった。

私の首筋に顔をうずめ、舐めて、時々噛んだ。

噛まれると普通に痛くて私は「ひッ……！」と悲鳴をあげ、けどその悲鳴も、倫太郎のすべてを食らい尽くすようなキスに呑み込まれてしまう。

イってるナカを突いて、突いて突いて突いて――呼吸もままならないくらいヒートアップしたところでやっと、倫太郎が射精したそうに〝ぶるるっ！〟と体を震わせた。

「真昼っ！　真昼っ……まひるっ……」

——あ、イくんだ。

射される瞬間を察知して、逆手に枕を掴んで衝撃に備える。激しく悶えている体に打ち込まれる最後の一突き。その一突きはとても重くて、深かった。

「ああっ！　はっ……あああぁっ！」

〝びゅるるっ！〟と避妊具の中で熱が弾ける。

（……うわ）

耳まで真っ赤になった顔で、歯を食いしばって射精の快感に身を委ねている。普段のセックスでイくときの顔とはちょっと違う。欲望と理性が絶妙に入り混じっているせいで背徳感すら覚える、とてもセクシーな表情。

「はぁッ、はぁッ……はぁーッ……」

射精はしばらく続き、倫太郎は私の上にのしかかったままぶるぶる震えていた。

私も段々と恥ずかしくなってきて、同時に胸がいっぱいになる。

（そんなに気持ちよかったんだ……）

彼は私の上で少し休んだかと思うと、のそりと体を起こしてゴムを処理し始めた。おびただしい量の汗がぽたぽた降ってくる。

「雨みたい」

「あ……ごめん」

私の顔に零れた汗を優しく拭ってくれる手がくすぐったい。

倫太郎がゴムをはずすと何とも言えぬ独特の匂いが付近に漂った。彼は結構な量の精を放ったようで、液溜めの部分はたっぷりとしている。

「最近してなかったもんね……」

「一週間分……」

「え?」

「なんでもない。シャワー浴びれそう?」

「連れて行ってくれるなら」

両手を広げて待つと、倫太郎はふっと笑って私を抱き上げてくれた。いつものように軽々抱き上げてくれて格好よかったけれど、疲れているせいか少しよろよろしていた。本気のセックスの後だと彼はこうなるらしい。

シャワーを浴びて再び一緒にベッドに入る頃には、冷静になった倫太郎が〝ずーん〟と落ち込んでいた。ベッドの上で座ったまま頭を抱えていて、放っておくといつまでもそうしていそうなので、声をかける。

「どうしたの、そんな思いつめた顔して……」

「あんなテクニックも何もない……性欲丸出しで、猿みたいなセックスをしてしまった」

「最悪？」

「最悪だ」

その嘆きに対して、私は。

「あははっ」

「笑いごとじゃない」

「ごめん」

〝私の旦那アホ可愛い～〟と思ったらつい……。

そうそう、こういう人でした。自分が気持ちよくなるのは苦手なんだよね。でも決して、私に欲情しないわけではないみたい。それはさっきの行為でよくわかった。

（ただ単純に、自分の欲を伝えるのが苦手なだけ……）

私は倫太郎の腕を摑んで布団の中に引っ張り込み、頰にチュッとキスをした。

「ん……何」

「〝最悪〟だなんて言わないの。せっかく気持ちよくて嬉しかったのに、気分が盛り下がっちゃう」

「……ごめん」

「もう一回する？」

そう言って、ちらっとパジャマの胸を開いてみせる。

内心〝さすがにもうないだろうな～〟と思って「冗談で～す」と茶化そうとしたら、倫太郎の目は私の谷間に釘付けになっていた。

「……え？」

あれ？　結構その気？

「――いや、しない。疲れてるだろう」

そう言って私のパジャマのボタンを留めてくる倫太郎は、明らかに何かを我慢した顔だった。

「すごい。やろうと思えばまだできる反応だよね今の……」

ちょっと照れくさかったのか、倫太郎はぶっきらぼうに「早く寝てくれ」と言った。くすくす笑う私を抱いて、背を叩きながら寝かしつけようとしてくる。

「……倫太郎」

「ん……？」

「気持ちよかったね」

「……うん」

翌朝、目が覚めたら倫太郎はもう特に照れているということもなく、いつも通り通勤服に着替えていた。

「おはよう」

「あ……おはよう」

いつもなら私はここで「昨日のすごくよかった～♡」と積極的に感想を伝えるのに、今朝はなぜか話を振ることができなかった。実際とてもヨかったのだけど、ヨすぎて蒸し返すのが恥ずかしいというか、没入感が凄かったので正気では語れないというか……。

先に話を振ってきたのは、意外にも倫太郎のほうだった。彼は朝食が並ぶ食卓の端にそっと、一万円札と五千円札を差し出してきたのだ。

私は目を丸くした。

「何このお金」

「昨日の代金だ」

「えっ、本当にくれるの？」

「約束は約束だから……」

今ので私たち、一気にイケナイ関係っぽくなってしまったことにお気付きかしら。

（……まあいっか！）

くれるというのなら受け取っておきましょう！

私は二枚のお札を手にし、倫太郎に「毎度あり♡」と笑って返した。


そんなこんなで。

どうも。夫に有料サービスを提供した妻です。

＊

『で、どうだった？』

「最っっっ高でした！」

電話の相手は一緒に計画を立ててくれた清枝だ。ここ一週間ほどの焦らしの成果と昨晩起きたことの概要を話すと、清枝は電話口で『えっ！　ほんとにやったんだ！』と驚いていた。おい待ちなさい。その反応はどういうことだ。

『真昼の家からの帰り道で冷静になったのよ。さんざん盛り上がったけど〝風俗プレイはナイよな……〟って』

「一人で冷静にならないで！」

この一週間一度も冷静になることなく実行した私はどうなるの！

まさかの親友の裏切りに電話口で慄いていると、カラッと笑い飛ばされた。

『まあまあ、盛り上がったならいいじゃない。おめでと〜！』

清枝から新たなデザインの依頼を一件もらい、私は早速その草稿作成にあたった。自宅に設けている仕事部屋にこもって本の企画書に目を通す。続いて類似書籍の書影を探し、流行のチェック。ふんふん、前は写真背景がウケてたけど、今はシンプルに文字だけでインパクト出すのがトレンドか〜……。

（今回の場合はどうだろう）

本の内容的に、ただトレンドに合わせてもいまいち売り上げは伸びないかもしれない。それならまず書店で手に取ってもらえるように、意外な顔を最初に見せたほうが……意外な顔……。

そこまで考えたところで、急に倫太郎の感じている表情が私の頭の中を占拠した。

「……くッ！　可愛かったたっ……！」

在宅ワークを始めてから独り言が増えがちだ。そして、ここ最近は特に。あの夜の、私に口で奉仕されて感じている倫太郎の顔を思い出すだけで胸がいっぱいになって、心の声を独り言として垂れ流し続けている。

（だって、私にしてもらうのをあれだけ渋っていた倫太郎が……）

〝………五千円は前払いか？〟

倫太郎から躊躇いがちにそう訊かれた瞬間、私の体の中に不思議な快感が走った。あの感覚は一体なんだったんだろう。ゾクゾクとお腹の底からこみ上げてくる、言いえぬほどの高揚感。

真面目な彼が性欲に流される、まさにその瞬間を目撃したような気がした。

「はぁ〜……」

家に一人なのをいいことに、陶酔のため息が止まらない。

（……倫太郎の、すごかったな）

初めて口の中に頬張った、彼のモノの大きさを思い出す。

口でしたのはあれが初めてだった。これまでも興味がなかったわけではないけれど、頼まれてもないのに自分からするのはなんとなく気が引けて。そして倫太郎はあの性格だから私に「しゃぶってくれ」とか絶対に言わないので、そうすると結果的にする機会もなく。

そのもの自体はこれまで何度も見ているし、何度も受け入れているからサイズ感もなんとなくわかっているはずだった。けれど、いざ実際に舐めて口の中に入れると、そっっっつれはもう……大きすぎて顎が疲れる!!

後で〝何かコツはないか〟とついネット検索してしまったくらいだ。真面目にレクチャーしてくれているページもたくさんあったので、次はもっと巧くできるはずだ。

そしてその〝次〟という機会は、自分で創り出さない限りやってこないと知っている。

「……本格的にやってみるか!」

もっといろいろ試したい。倫太郎の〝気持ちいい〟をたくさん見つけたい。

だから私はもうしばらく、冷静にはならない。

◆五章　呼んでないのにデリヘルが来た（いた）

一夜明け、翌朝の真昼は普段と何も変わらなかった。

本当に驚くほどいつも通りで、昨日のあれやこれやはもしや俺の夢だったのでは……とも考えたが、真昼の首筋に俺がつけたと思しき噛み痕を見つけて〝あっ、現実……〟と認めざるをえなかった。噛み痕って。キスマークですらなく、噛み痕って……。

こうなるともう自分からは昨日の夜を蒸し返したくないのだが、約束があるのでそうもいかない。俺は朝食時に、自分の財布から一万円札一枚、五千円札一枚を抜き出して、そっとテーブルの上に置いた。

真昼はきょとんとしていた。

「何このお金」

「昨日の代金だ」

「えっ、本当にくれるの？」

「約束は約束だから……」

いざ現金を渡すと一気に生々しさが出て、昨日の行為のゲスさが際立つ。

嫁に金を払って口でしてもらって、更には初めての荒々しいセックスをするという。

俺、大丈夫か？　一種のＤＶ夫になってないか？　でも提案してきたのは真昼だし……。

〝うーん……〟と考えあぐねている俺の前で、真昼は二枚の紙幣を手に取ってニコッと愛想よく笑った。

「毎度あり♡」

……可愛い。

風俗にこんな子がいたらすぐ指名ナンバーワンになるんだろうなと、なんともいえないことを考えてしまった。俺の嫁は可愛い。いつも楽しそうで、可愛い。

（こうやって男は風俗に嵌まっていくんだろうか……）

もうああいうのはやらないぞと心に決めながら——俺のモノを一生懸命頬張っていた顔や、俺の上で精いっぱい気持ちよくなろうとしていた彼女を思い出し、朝からムラッときてしまった。真昼には内緒だ。

そこから数日、夜勤のシフトが続いた。

基本的に俺は日中の勤務を主としているが、今回のように夜間の責任者であるナイトマネージャーが体調を崩したときなどは代理で夜に出ることもある。

主な仕事はホテル内の巡回。これは日中もやっていることだが、ホテル内に異常がないか、不行き届きな点がないかを隈なくチェックする。それから、お客様対応も当然発生する。ＶＩＰ対応や、日中よりは少ないがお客様からの要望やクレームへの対応。

すべてに適切な対処をするとともに、お客様に快適にお過ごしいただけるよう、最善を尽くさなければならない。

「国崎マネージャー、仮眠をどうぞ」

深夜二時。バックオフィスで客室係への清掃指示書を作成していると、一緒に夜勤シフトに入っているフロントの子から声をかけられた。先に仮眠を取っていたスタッフが戻ってきたらしい。

「四時に戻ります。何かあれば内線で呼んでください」

「わかりました」

仮眠は二時間。その日空いている客室を仮眠室として使わせてもらうことになっているので、実は自宅よりもいいベッドで眠れるのだ。当ホテル自慢の〝人生を変える〟と言われている高級ベッド。

インカムをはずし、腕時計をはずし、ジャケットを脱いでハンガーにかける。スマホのアラームを約二時間後にセット。ベッドに潜り込むと途端に眠気が襲ってきた。ほんの二時間でもぐっすり眠れるので、夜勤も意外と悪くない。

（……でも）

目を閉じて頭に浮かんできたのは真昼の顔だった。

どれだけいいベッドで眠れても、ここに彼女はいない。夜勤シフトだとどうしても生活がすれ違う。朝九時に退勤して家に帰ると起床してきた真昼に会えるが、彼女の仕事の邪魔はできないので会話はそこそこ。結局あまり話せないまま、俺も次のシフトに備えて睡眠をとらないといけないので、ここ数日ずっともどかしい思いをしている。

この勤務を終えたら一日休み。真昼は土日祝を休みに設定しているので、やっと彼女と顔を合わせてゆっくり過ごすことができる。それを楽しみに眠りにつこうとしていると――不意に、俺のモノを咥えている彼女の顔を思い出してしまった。

（おいおいおい）

疲れもあってか体が如実に反応し、ズボンの中で苦しそうに張り詰めてきた。

やめろ、鎮まれ。俺はこれから仮眠をとるんだ。

（勘弁してくれ……）

煩悩を消すため素数を数えようとするが……。

〝……こんな風になっちゃうなんて、エッチだね〟

〝すごく反ってる……〟

「っ……」

あの強烈な光景が、真昼の声を伴って頭の中で再生されるともう無理だった。

結局俺は勃起のせいでなかなか寝付けず、朝の四時にふらふらと職務に戻ることになる。


「おー国崎いた。夜勤だったんだって？」

夜勤が明けて午前九時。表面上は疲れを見せずにフロントでのチェックアウト対応をし、日勤スタッフへと引き継ぎを終えた俺は、地下にある更衣室でスーツから通勤用のシャツとボトムスに着替えていたところだった。そこに、本社から来ていた企画部の大隈がやってきた。

「今日はこっちなんだな」

「うん。総支配人と秋のイベントの打ち合わせがあって」

そう言って大隈はロッカーの間のベンチに座る。ここで話し込む気満々だ。俺が夜勤だったことを聞きつけてわざわざやってきたくらいだから、何か用があるんだろうけど……。

「何かあったのか？」

さっさと用件を聞いて早く帰ろうと、ロッカーの扉を閉じながら尋ねた。

すると大隈の声は何やら深刻になり。

「ああ、聞いてくれるか国崎……」

「少しなら」

「実は……嫁とのレス記録が絶賛更新中なんだ」

「お疲れ。総支配人との打ち合わせ頑張って」

「待って待って待って国崎！　聞いて!?」

「悪いけど、その件について俺にできることは何もない」

荷物をまとめて颯爽とこの場を離脱しようとしたのに、鞄を掴まれて全力で引き留められた。そして強制的に話の続きを聞かされることに。

「俺も〝これはそろそろヤバいぞ！〟と思って、意を決して自分から誘ってみたんだよ！　そしたら……すごく冷ややかな目を向けられて〝イヤ〟ってバッサリさぁ……」

「……ああ」

それには同情する。つい先日、一週間ほど〝自分から誘う！〟というプレッシャーと闘い続けた身としては、バッサリ断られたときのショックの大きさは察するに余りある。

けど、断られるのには何かしら理由があるんだろう。大隈はショックがでかすぎたのかそのことを見落としている。

　ついにはこんなことまで言い出す始末。

「も～無理！　嫁さん相手にしてくんないしデリヘル呼んじゃおっかなー」

「お前……」

　ここが従業員更衣室で、俺たちの他に誰もいないにしても、そんな不謹慎な発言に巻き込むのはやめてほしい。

　大隈はさっきまで沈んでいたくせに急にイキイキし始めた。

「デリヘルはいいぞ～！　夜から朝まで一緒に過ごせるお泊まりコースがある。朝までたっぷりイチャイチャできて恋人気分を味わえるし、精神的に満たされる！」

「それはもう浮気じゃないのか……？」

「浮気とは違うだろー！　心はいつでも嫁さんのもの！」

「家にデリヘル呼ぶとか、俺が奥さんならお前のこと絶対に捨てるけどな」

「なんでお前は常に嫁寄りなんだよ!!」

　そう不満を叫んだ直後、大隈はハッとして〝まさか〟という顔をした。

「もしかして国崎、お前」

「なんだ」

「風俗行ったことないの……？」

「ない」

「一度も？」

「一度も」

「そいつはすげぇや……」

　風俗に行ったことのない男なんて別に珍しくもないだろう。っていうかなんで行くのが当たり前みたいになってるんだよ……。

　しかし大隈の世界ではそれがスタンダードらしく、奴は勝手に改まって話を始めた。

「いいか国崎。特別に教えてやろう。アラサーになってきたら、学生や新社会人の頃とは違うものを風俗に求めるようになるんだよ」

「はぁ……」

「俺なんか、ここ数年は風俗に行ってもエロいサービスなんてほとんど受けてねーもん。そりゃパパッと抜いてもらうことくらいはあるけどさ。でも、それよりもベッドに並んで座って手を繋いでしゃべったり、おっぱいに頰っぺた当てて静かに過ごすわけ。わかる？」

「全然わからん」

「だろうと思った～」

　ほんとにさっぱりわからん。それなら性欲処理のほうがまだわかる。

　大隈は何を言っているんだ？　よく知りもしない、次に会うかどうかもわからない女と手を繋いで何が楽しい。

俺の疑問などさして気にもせず、大隈の力説は続く。

「つまり俺は風俗で、ストレスでボロボロになった心を洗ってもらってるんだよ！　心のトリートメント！　風俗のお姉ちゃんは俺が勃たなくても気にせず笑顔で受け入れてくれるし、優しく抱きしめてくれるんだ。控えめに言って女神！　感謝の対象でしかない！」

共感はできないが、大隈がセックスワーカーをめちゃくちゃリスペクトしているということはわかった。

これ以上話していて他の従業員に聞かれると厄介だと思った俺は、適当に「わかったわかった」と相槌を打ってその場を後にする。

「じゃあな。お疲れ」

更衣室を去り、従業員通用口からホテルの外に出る。休日なのでスーツの人は少なく、代わりに商業施設へと向かう私服の人がちらほらいた。まだ九時過ぎだというのにデート中らしいカップルの姿まで。

俺はふと、さっきの大隈のデリヘルプレゼンを思い出した。

（〝夜から朝まで一緒に過ごせる〟って……そんなの嫁と毎日できるじゃないか）

なぜ見知らぬ女性に金を払ってまでそんなことをしたいんだ。同じ時間と金を使えるのであれば、俺は真昼とまったり過ごしたい。そのほうが絶対に満たされる。

（あーやっと家……）

疲れ果てた体でなんとか自宅にゴールイン。寝不足もあってか精根尽き果てているので、いつものように真昼が抱き着いてきてくれたら全力で抱き返そうと思った。ハグをするとストレスが解消されるというのは本当だと思う。

――しかし。

「ただいま」

玄関のドアを開けると、いつもの元気な「お帰りなさい！」は聞こえない。おかしいな。真昼ももうとっくに起きている時間なのに……。

なんで？　と不思議に思いながら視線を下げると、そこにはちょこんと正座で待機している女性の姿。

俺に極上の笑顔を向け、爽やかに挨拶する。

「本日のサービスを務めさせていただきます。国崎真昼です」

（……何!?）

何が始まったのかわからなくて一旦ドアを閉めようかと思った。けれどすぐに真昼が立ち上がり、「お鞄お持ちしますよ～！」と言って俺の鞄を奪って、手を引いてリビングへと連れて行く。

「ま……真昼？　その格好は……」

「〝真昼ちゃん〟って呼んでください！」

（なぜ⁉）

真昼はいつもこの時間、緩めの部屋着を着て過ごしている。それなのに今は余所行きの服を着ていて、しかも普段の系統とは違う、シンプル無地で清楚な印象のAラインのワンピース。

真昼は俺をリビングのソファに座らせると、自分も隣に座って〝コース表〟と書かれた紙を取り出した。何が何だかちんぷんかんぷんでいた俺は、彼女が「〝チェンジ〟はなしですからね！」と言ったのを聞いて、やっとこれが何かを察した。

「……デリヘル‼」

「そうです♡」

呼んでないのに勝手に家に来た！　っていうか帰ったら家に、いた‼

「〝そうです♡〟じゃない……」

俺は頭痛がして、片手でこめかみを押さえる。

なんかドッと疲れたぞ。何が起きたのかと衝撃で忘れていたが、今日は疲れていた。

そこにトドメを刺すように、こんな……我が家にデリヘル嬢が……。

俺の反応が芳しくないことにやっと気付いたのか、真昼は演技くさい敬語をやめて普通に話しかけてきた。

「……やっぱり、このワンピースあんまり似合ってないかな？」

「違う、そういうことじゃない。……そのワンピースは似合ってる。普段から着てくれたら嬉しい」

気にすべき点はそこではなかったが、個人的には大事なことなのでしっかり伝えておく。

真昼は嬉しそうに「わかった」と笑い、それからこんなことを始めた理由を話し出した。

「この間初めて口でしたときの倫太郎、すごく気持ちよさそうだったから……私ももっと、いろんなワザを身につけたいなって！」

「真昼。俺は別にそういうのは」

俺のために真昼が努力するというのは何か違う気がする。いつものようにやんわりやめさせようとしたが、真昼は折れてくれなかった。

「倫太郎はいらないって言うけど、私がしたいの。もっと倫太郎のツボを研究したい」

「ツボ……」

「私たち付き合ってから長いけど、やったことないことだらけでしょ？　倫太郎は私の気持ちいいところをいっぱい知ってるけど、私は倫太郎の性癖とかよくわかんないし……」

「……性癖、って言われても」

どうしたものかと思いながら、あらためて真昼が用意したコース表を手に取る。よく見るとそこにはたくさんのメニューが準備されていて、上から順に〝人妻コース〟〝秘書コース〟〝女教師コース〟〝訪問販売コース〟と記載があった。

(なんだこれは)

文屋が話してたアレか？　間男プレイみたいな、なりきり的なアレなのか……？

上の三つはわからなくもないが、最後の〝訪問販売コース〟ってなんだ。枕営業でもされるのか？　マニアックすぎる。

思った以上にディープで、俺はテーブルの上にコース表をそっと裏返して戻した。隣で真昼がショックを受けている。

「あっ！　この中には倫太郎の性癖なかった⁉」

「俺の性癖を何だと思ってるんだ……」

逆にここで迷わず訪問販売コースを選ぶような男でいいのか。

憤慨する俺に対して、真昼は珍しくしおしおとしょげて小さくなる。狙いがはずれたのを残念がっているみたいだ。子どものように口を曲げ、拗ねた言い方をする。

「だって、知らないんだもん。倫太郎が何に興奮するかなんて、教えてくれなきゃわからないよ。エスパーじゃないんだし」

「そんなの俺だってわからない」

「わからないの？」

「うん」

嘘じゃなくて本当に。〝俺の性癖……〟と考えてもそれらしいものが何も浮かばないくらい、俺は俺の欲についてよく知らなかった。強いて言うなら、この間真昼が俺の上に跨がって乱れていたのには意味がわからないくらい興奮したけれど……それを性癖と呼ぶかというと、微妙だ。

つまらない答えで彼女をがっかりさせてしまったのではと内心恐れていると、隣に座る真昼はソファの上で俺の手を握り、楽しそうに笑って言った。

「じゃあこれから一緒に探していけるね」

「……あくまでデリヘルごっこはやるつもりなんだな？」

「やるよ！　全力でサービスする！　だから……ねっ！」

「うーん……」

〝してもらう〟というのはやっぱりどうにも気が進まない。これは性格だからもう仕方ないんだと思う。……けれどここで突っぱねて、真昼を悲しくさせるのは違うんじゃないか？

俺は腕を組んで少しの間考え、唸り――さんざん迷った末に、こう言った。

「いいよ、わかった。やってみよう」

「ほんと⁉」

「それで真昼が満足するなら、その願望に付き合うのも夫の務めだ」

「さすが話が早い……！　大好き！　結婚しよ！」

「もうしてる」

夫婦でそんなプレイ絶対に変だと思いつつ、俺もたいがい真昼に甘い。今も「大好き！」と誉めそやされて悪い気はしないでいる。惚れた弱みなので仕方がない。

俺から了承を得た真昼は目に見えてウキウキし始め、俺が伏せたコース表を再び持ち出して尋ねてきた。

「コースどれにする？」

「……なりきる必要がないから、人妻？」

「確かに～！」

〝確かに〟じゃない……。ケラケラ笑う真昼に呆れてため息をつく。

次に彼女に目を向けたとき、彼女は自分で首裏のホックをはずしながらソファから立ち上がっていた。

「じゃあ早速、シャワー浴びよっか」

「……あ、うん」

見慣れないワンピースでの立ち姿が綺麗で、ちょっと緊張した。

可愛いなと思っていたワンピースとは、脱衣所で早々にお別れすることになる。真昼が背中を向けて「下ろして！」とファスナーを下ろすよう求めてくるので、俺は名残惜しく思いつつ彼女のワンピースを脱がせた。

「今度は私の番。はい、ばんざーい」

「真昼の身長だと届かなくない？」

「意地悪か！　そこは空気読んでちょっと屈んで！」

「はいはい」

注文の多いデリヘル嬢に笑ってしまいながら、彼女に言われた通りに屈んで頭からインナーシャツを脱がせてもらった。着替えを手伝ってもらうって変な感じだ。

二人とも裸になったら浴室の中へ。お湯は溜められておらず、中に入ると真昼が率先してシャワーを手にし、お湯を出して温度調整を始めた。

「風呂には浸からないの？」

「浸かるとプレイ時間短くなっちゃいますけど」

「プレイ時間……」

そういえばコース表にもそんなこと書いてあったな……。〝その設定いる？〟というツッコミは喉奥に押さえ込んだ。真昼に合わせると決めたからには文句は言わない。

しかし、全裸で浴室に立ち、シャワーの準備をただ待っているというのも手持ち無沙汰だった。こちらに背を向けてシャワーを腕に当てながら「なかなかお湯にならないなー」なんて言っている真昼に後ろから近づき、緩く抱きしめる。

「わ、わ……」

「お湯まだ？」

「も、もうちょっと……っていうか！　当たってるから！」

「仕方ないだろ、裸なんだから」

お互い一糸纏わぬ姿で絡めば、男のシンボルが当たってしまうのは当然のことだ。

俺は真昼を気持ちよくさせようと、お腹側に回した手で腰に〝さわっ……〟と触れる。

そこからなだらかに続く鼠径部、恥丘をなぞって、アンダーヘアを撫でた。

「あっ……」

真昼の手が震え、持っているシャワーから出る水の軌跡が乱れる。

このまま一気に攻め落とせそうだと思い、耳の裏を唇でくすぐりながら抑えた声で「触っていい？」と尋ねた。アンダーヘアのすぐ下には、真昼の敏感なクリトリスがある。

剝き出しにして、触れるか触れないかくらいで優しく攻めて……とイメージしていたら、俺の手は彼女に捕まり、ぞんざいに〝ぽいっ〟と払われた。

「えっ……」

「ダメですよ！〝プレイはお互いの体を綺麗に洗ってから〟っていう決まりなので！」

「そうですよ～。基本中の基本です。もしかしてお客さん、こういうの初めてなんですか～？」

「あ……そうなんだ」

（なんだこの茶番……）

気にしたら負けだと思いつつ、馬鹿にされてちょっとイラッときてしまった。あとお客さんって呼ばれると萎えるんだが……。

喉まで出かかった言葉を再びぐっと我慢していると、シャワーの温度がちょうどよくなったようだ。真昼が俺たち二人の体を濡らし、温め、スポンジでボディソープを泡立て始めた。

充分に泡が立って体を洗う段になると、浴室内の雰囲気が格段に風俗っぽくなる。真昼が自分の胸に泡を盛り、それを俺の胸に押し付けながら体を擦りつけてくる。上下だったり、大きく円を描くようだったり。

乳首が擦れ合ったりして扇情的ではあったが、いかんせん〝体を洗ってもらっている〟という状況が落ち着かなくて、素直に興奮できない。

真昼は特に意識している様子もなく、一生懸命胸を使いながら話しかけてくる。

「お客さん、すごくいいカラダしてますね！　何か運動してたり……？」

「……学生のときは剣道をやってて、今はたまにジムに」

「へー！　なるほど！　それでか～」

わざとらしい相槌。

お前それ知ってるだろ、とツッコミたいのをぐっと我慢する。真昼は真昼でこんなやりとりを楽しんでいるらしく、嬉々としてこのトークに臨んでいた。

「私は学生のとき美術部で、今も運動は全然なんですよねー」

「知ってるよ」

「えっ、やだなんで⁉　お客さんエスパーですか⁉」

（夫ですが……）

どう答えても過剰に反応されそうで、黙っているのが得策だと気付いた。しかも美術部って、それは本当のことじゃないか。デリヘルってそんなに自分のことを話していいものなのか？　夫婦間のプレイなのに、段々真昼のことが心配になってくる。

体の前を洗ってもらい、同じように背中を洗ってもらい、局部まで綺麗に洗ってもらって、一度お湯ですべて洗い流す。

そのタイミングで彼女がこんなことを言い出した。

「こんなに格好いいのに、彼女とかいないんですか？」

「……」

「あ！　これ訊いちゃいけない質問だったかも」

そういうマニュアルでもあるのかと訊きたくなるくらい、ぺらぺらなトーク内容。上滑りする会話。真昼はあくまで俺の妻としてではなく、ここに派遣されたデリヘル嬢として俺に対応している。

今、わかった気がした。〝お客さん〟呼びされて萎えるのも、なんとなくこのプレイに馴染み切れないのも同じ理由だ。真昼がデリヘル嬢らしい言動をするたびに、実在しない他の客の存在が頭を掠めてイラついてしまうから。

(馬鹿か……)

それだと真昼以上に俺が、このデリヘルごっこに没入していることになるじゃないか。

「野暮なことは訊いちゃダメですよね！　今日は現実のことは忘れて、私に任せて気持ちよく――」

まだベラベラと喋ろうとする真昼の顔を両手で挟んで上を向かせ、言葉を奪うようにキスをした。突然のことだったので彼女は目を見開き、手に持っていたスポンジをぽとりと落とす。

「ふっ……んんっ……！」

荒々しく舌を搦め捕り、息苦しさで彼女が吐き出した息さえ、吸い込んで奪っていく。頬の裏側の粘膜を舐め、歯列を舐め、口内をぐるっと一周舐めまわして――最後に唇を吸い上げた。〝ぶるっ〟と弾む唇。俺を見上げる真昼の目は蕩けている。

その目をまっすぐ見て、目をそらせないほど強く見つめ、はっきりと伝えた。

「誰よりも愛してる妻がいる」

みるみるうちに彼女の頬が赤く染まる。真昼はパッと目を伏せ、たじろぎながらもなお演技を続けようとする。

「……そ、それなのに……デリヘルなんて呼んじゃ、ダメじゃないですか……あっ」

俺は断じて呼んでない。

心の中でそう抗議しながら、彼女の腕を引いて抱きすくめる。正面から体を密着させると真昼の鼓動が感じられた。全身を使って体を洗ってもらったときよりも、ずっと速くて大きい。

その反応で少し溜飲を下げる。真昼はちゃんと俺にときめいてくれている。

彼女の頭の上に顎を乗せ、安堵から大きく息をついた。そして大人の対応で、今度は真昼の演技に合わせることにした。

「――真昼ちゃん。早くベッドに行きたい」

「……浮気者！」

どう振る舞うのが正解なんだよコレ……。

◇六章　夫が風俗狂い（※私限定）になる話

私のデリヘルごっこ成果メモ。

【清楚なワンピースでお出迎え……◯】
倫太郎のテンションはちょっとだけ上がっていた。普段と違う服装はアリ。

【脱衣所で服を脱がせ合いっこ……◎】
倫太郎は楽しそうに笑っていた。服を脱がせてもらうのは苦手じゃなさそう！

【泡モコにした体で体を洗ってあげる……△】
びっくりするほど無反応だった。倫太郎のツボは本当にわからない……。

＝＝＝＝＝＝＝＝＝＝＝＝＝＝＝＝＝＝＝＝＝

結局お風呂の中で一番盛り上がったのは倫太郎にされたキスで、不覚にも私のほうがのぼせあがりそうになった。私の夫はキスが巧い。油断するとまったく喋らせてもらえないまま腰が抜けてしまうこともあるので、彼のキスには気を付けなければと思った。

お風呂では倫太郎に一本取られてしまったので、せめてこの後のプレイでは挽回したい。

お風呂の後、腰にバスタオルを巻いた姿の倫太郎を寝室までアテンドし、ベッドの上に寝てもらった。

「なあ……やっぱりアレやるの？」

「どうして？　アレ嫌い？」

「嫌いっていうか……」

倫太郎は複雑そうに顔をしかめ、落ち着かない様子でいる。これから私が何をするか察しがついているらしい。

私は倫太郎の腰に巻かれたバスタオルに手をかけ、風呂敷を開けるイメージで左右にそっと捲り開いた。バスタオルを被った状態でも形がわかるほど大きなソレと再びご対面。

「……真昼。まじまじ見るのやめて」

「いやぁ……そう言われましても」

観察したい好奇心には抗えない。さっきお風呂場でも見たし、なんなら洗うために触れもしたのに、ベッドの上で見るとまた違う趣がある。今はエッチの最中ほどは硬くなっていなくて、でも平時よりは大きい状態。無防備でちょっと可愛い。

そして何より、それを恥じらって自分の腕で顔を隠している倫太郎が最高に可愛かった。

「じゃあ、始めます。もし痛かったら言ってくださいね」

そう前置きし、私は彼の股の間に顔を埋める。ぼろんと無防備に晒されているモノに、まずは挨拶の軽い口づけ。その段階から倫太郎の脚が〝ピクッ……〟と反応する。

前回初めて口でしたとき、私はいろいろと学習した。ただ舐めるだけではたいした刺激にならないのだと。

（ええと……確か前は……）

記憶を辿って前回の倫太郎の反応を思い出す。まずは優雅にフルーツを摘まむかのように、上からそっと倫太郎のモノを摘まみ上げる。敏感な場所らしいので指の腹で柔らかく持ち、ゆっくり上下動。それから顔を根元の部分に近付け、唾液で濡らした舌を裏筋に押し当てる。

すると記憶にある通り、倫太郎の腕で塞がれている口から「んんっ……」と僅かな呻き声が漏れ聞こえてきた。

（……よかった。あってるっぽい）

倫太郎が感じているのを確認し、根元に押し当てていた舌を一気に先端まで滑らせる。

「んんぅっ……！」

よりいっそう大きくなる呻き声。

確かな手ごたえを感じて嬉しくなるけど、これで満足してちゃいけない。私は裏筋にキスしたり舐めたりを繰り返しながら、「倫太郎」と彼の名を呼ぶ。

「っ……なに……」

「こっち見て」

「なんでっ……」

「いいから、見てて」

男の人は感触だけじゃなくて、視覚からも快感を得るのだそうだ。

私に言われ、彼は渋々腕をずらしてこちらを見た。目が合った。私は彼の目を見つめながら、さっきまでと同じ口の動きを繰り返す。そうすると、確かに倫太郎はじっと私のことを見つめ返して目を離さなかった。私が彼のモノに口づけ、舐め、口に含むその一挙一動を見逃さず、切なそうに「ハァ……」と息を漏らしていた。

（その顔、本当にたまらない……）

眉根をヒクヒクさせて、口も半開きで。女の子みたいに敏感に感じている。

〝してもらうのが苦手〟なんて嘘でしょ、って思う。だってこんなにも気持ちよさそうな顔をしているのに。

(……おっと)

ダメだ。気を抜くと見つめることにばかり意識を集中してしまう。

今夜はそういうプレイなんだから、気を引き締めてちゃーんとご奉仕しないと。

私は彼の硬いペニスに頬ずりしながら口づけて、目を見たまま実況する。

「硬くておっきいね」

「うッ……」

「竿が長くて、まっすぐで格好いい」

〝男の人を悦ばせる女〟って、こんな感じで合っているんだろうか?

露骨すぎるのもヒかれてしまうのでは……と思いつつ、物は試しに、言おうか言うまいか迷っていたセリフを言ってみる。勇気を出して「美味しい」と。

すると倫太郎はスンッ……と冷めた顔になって。

「いや……美味しくはないだろ」

容赦なくツッコミを入れられた。

私は〝言わなきゃよかった〟と恥ずかしくなった。

確かに美味しいことはないけどさ……。

「……ごめん、忘れて！」

誤魔化すべく彼のモノを口に含んで奉仕に専念した。ネットで調べた〝顎が疲れない方法〟を頼りに、口で先っぽを舐めながら手でペニスに圧を加える。

それをしばらく続けていると、間もなく倫太郎の反応は大きくなっていった。

「あ……ダメだ。真昼やめて。……やめっ……ぁっ！」

倫太郎が呻く声に合わせ、私が口の中に含んでいるモノの先端から白濁が飛び出す。

それらが勢いよく舌の上に広がって、思わず噎せそうになる。少し倫太郎の脚の上に零してしまった。

前回に比べてやけにあっさりと、彼は一回目の射精を迎えた。

「はッ……うあぁっ……はぁっ、はぁーっ……」

達した倫太郎はベッドの上に沈んだまま、疲れ果ててぐったりとしている。

私は飲み切れず口の中から零れた精液をティッシュで拭いながら、〝ハッ！〟とあることを思い出した。

倫太郎の顔を覗き込む。

「……よく考えたら夜勤明けだね!?」

しかもここ二日は夜勤シフト続きだ。そんなパターンこれまであまりなかったからすっかり頭から抜け落ちていたけど……倫太郎の体力はもう限界！

「ごめん俺だけ……でももう無理……」

「うわぁごめん！　いいよいいよ寝て！」

こんなにヘロヘロでよくデリヘルごっこに付き合ってくれたね！

感動しつつ、自分の思い至らなさを反省した。「全力でサービスするから！」と言って付き合ってもらったけれど、どう考えても彼の願いは〝寝かせてくれ〟だったはず。

「も～ほんとごめん！　体も拭いておくしそのまま寝てください！」

「いや、それは……」

言っておいて〝気にしぃな倫太郎には無理かも〟と思ったけど、数十秒後には静かな寝息が聞こえ始めた。それだけ疲れていたということだ。ただでさえ射精には疲労感が伴うというし、私がトドメを刺してしまった……。

無防備な姿でくったりと眠りに落ちている倫太郎の体を、お湯で温めたタオルで拭き、タオルケットを被せる。倫太郎がこんな寝落ちの仕方をするのは初めてだ。

私は彼の前髪をさらっと軽く撫でながら、〝最初に無理って言ってくれればよかったのに〟と思った。もちろん、夜勤明けのつらさを考えず仕掛けてしまった私が一番悪いのだけど、なんだかんだ私を優先しようとする彼の性格が、少し心配で。

眠りに落ちる寸前も「ごめん俺だけ……」なんて言っていた。まるでそれが悪いことであるかのように。

「……別に、倫太郎だけが気持ちよくなる日があってもよくない？」

眠ってる間に言ったたって、返事は優しい寝息だけ。


翌日。倫太郎は公休で、私は昨日のことを盛大に謝られた。

「本当にすまなかった」

「や、だから私のほうが悪かったんだってば」

寝落ちした彼の体を拭いてあげたり後処理をしたりしたことが彼の申し訳なさに拍車をかけてしまったようで、倫太郎の落ち込みようは凄まじい。私に落ち度があることを何度説明しても納得してくれないので、どうしたものか……と困っていたら。

倫太郎はこう言った。

「もう一回デリヘルごっこをさせてくれないか」

「えぇ……？」

昨日は渋々だったのに、今日はまさかの自分から。

（もしかして昨日のでクセになってしまった……？）

違うか。昨日中断してしまったから、埋め合わせ的に言ってくれているのね。

倫太郎が考えていることはなんとなく読めたので、本当なら私はここで「気を遣わなくていいよ」と辞退すべきところ。……なんだけど、私の心の中に住む悪魔は囁いた。

〝させてくださいって言ってるんだから、やってもらえばよくない？〟と。

結局私は「も～そんなにしたいの？　仕方ないなー！」などと調子に乗ったことを言ってしまい、私たちはその晩、デリヘルごっこをリトライすることになった。

訪問やコース選択、シャワーのくだりはすっ飛ばして、二人でベッドの上に移動したところから。姿はバスタオルではなくてパジャマ。今夜はお泊まりコースという設定だ。

昨日は私が口ですることから始めたけれど、また同じことを繰り返すのも味気ない。私はこの機に乗じて、ダメ元で彼の希望を尋ねることにした。

「何かやってほしいことは？」

倫太郎の太腿の上に手を突き、至近距離でのそれっぽい問いかけ。倫太郎はビクッと体を強張らせ、こう答える。

「特に思いつかない」

「え～っ」

いつもと変わらない答えに、やっぱりか～と残念な気持ちになる。昨日も彼は自分の性癖がわからないと言っていたし、そう言われることはなんとなくわかっていたけど……。

少しだけ納得できずにいた。欲がないわけではないんだと思う。本当に欲がないなら眠る私の肩にキスなんてしてこないだろうし、私に口でしてもらうために五千円を払ったりはしなかっただろう。

突き詰めれば必ず何かしらの欲があるはずで、倫太郎はそれを初めから無いものと思い込んでいるだけなのではないかと。

私は諦めきれず、食い下がってみる。

「本当に何かない？　難しく考えず……ほら、私のこともっとよく見て」

視線をこちらに誘導する。

遠慮がちに向けられた目を見ても、そこに欲がないとは思えなかった。視線を向けられた私のほうが照れてしまいそうなほどの熱視線。瞳の奥には底の見えない熱情が秘められている……ような、気がするのに。

「私を見てパッと浮かんだことでもいいから。何かしたくならない？」

「……うーん」

何かが、倫太郎の喉元まで出かかっている気がした。

「痛いこととか怖いこと以外ならなんでも聞いてあげる」

「なんでも……いや、でも」

「ただし対価は発生するけども！」

遠慮を見せる彼の言葉を遮り、私は下品に手で円マークをつくった。倫太郎は「それなら……」と考え始める。私はホッと胸を撫でおろす。

そっか。対価が発生するって、彼にとっては結構重要なことなのかも。人に何かしてもらうのが極端に苦手な倫太郎からすると、この疑似風俗感は興奮するプレイっていうよりも、希望を伝えやすいシステムなのかもしれない。

彼は数十秒の間しっかり考え込んで、やっと心を決めたみたいだ。

「決めた」

「なになに？」

「胸を触りたい」

（……かわっ）

〝可愛い！〟と声に出して喚きそうになるのをグッと我慢した。

ささやかすぎない？　と思う反面、倫太郎にも〝胸を触りたい〟とか男の人らしい欲求があることにホッとした。そういう欲を普段まったく見せてこないから、私の夫はもしや聖人なのかしら？　と常々思っていたのだ。

倫太郎は純粋な顔で尋ねてくる。

「胸を触るといくらだ？」

「えっ、えっと……二千円？」

相場など知らない。っていうかほんとはタダでいい。

胸くらい、いつでもいくらでも触らせてあげるじゃないか！

「わかった。払う」

そう言って彼は、傍に用意していた財布からお札を二枚抜き出してサイドテーブルの上に置いた。

私の頭の中でチャリーンとお金の音が鳴る。倫太郎の宣言により、私の胸を触る権利は彼によって二千円で買われた。そうか、私の乳は二千円だったのね……。

目前にある彼の顔が僅かに緊張している。

「……えーと……」

そんな、風俗に童貞を捨てに来た男の子じゃないんだから。

お金の準備を終えた倫太郎は私の目の前で正座し、自分の膝の上に手を置いたままぴくりとも動こうとしなかった。私はとりあえず、自分のパジャマのボタンを上からぷちぷちはずしていく。

（……めっちゃ見てる）

倫太郎はガン見していた。目は合わず、彼の視線はただ一点、ボタンをはずす私の指に注がれている。普通に恥ずかしいし、いつもなら「あんまり見ないで！」と怒るところだ。でも今、私は倫太郎に買われているわけで……。

彼の視線を野放しに、その様子を観察するのは初めてかもしれない。倫太郎は興奮していた。私と話すとき、いつも優しく細められている目が、今は切なそうに欲情していて苦しそうですらある。その熱視線に当てられて、私の心臓も〝ドクン、ドクン〟と段々強く、速く脈打つ。

そうこうしているうちに私はすべてのボタンをはずし終えた。パジャマの前ははらりとだらしなく開いている。隙間から乳房が見え、少し捲れば先っぽの尖りまですぐ見えてしまいそうだ。

倫太郎が生唾を飲み込む気配。

彼の熱く大きな手に触れられることを期待して目を伏せ、待っていると、彼がぽそりとつぶやいた。

「……俺が触る前に」

「え……」

「自分で触って、見せてくれないか」

「はッ⁉」

驚いて声が裏返る。

（……今の本当に倫太郎のセリフ⁉）

これまでの夫婦生活でそういう要求をされた記憶がないから、耳が驚いていた。

予想外のリクエストに頰が熱くなっていく。私は慌てて倫太郎に抗議した。

「いや、そういうのはどうかなっ……」

「追加で三千円」

「っ……」

淡々と金額を提示され、彼の言葉が冗談ではないと知る。

自分の痴態に値段をつけられるなんて、本当なら少しも嬉しくない。他の男に言われたら「変態！」と罵倒するところだ。でも相手は、他ならない倫太郎なわけで。

あまり欲を口に出したことのない夫が、お金を払ってまで私のはしたない姿を見たいと言っている。その事実に、たまらなく興奮する。

「ダメ？」

控えめに尋ねながら、倫太郎の目は静かにギラついていた。

――そんな目で見られたら、なんだってしてあげたくなる。

「……わ……わかり、ました」

感じる圧とときめきで頭がこんがらがって、つい敬語で返してしまった。

これ……私、ほんとに自分で揉むの？　倫太郎の前で……？

現実味が湧かないまま、ふわふわした気持ちで自分の胸の上に手を持っていく。両手とも親指からパジャマの前合わせにそろりと忍ばせて、露わになった乳房を持ち上げるように。

そんなことをしても、気持ちよくともなんともないはずだった。

胸なんて所詮、脂肪の塊だし。

（うん……別に気持ちよくはない。感じてるフリとかすべき？）

不純なことを考えつつ、何の気なしに倫太郎のほうを見る。

彼はいつの間にか正座を崩して胡坐をかき、自分の膝の上で頬杖を突いていた。そして食い入るように見つめていた。私の乳房が、私の手によって揉まれる様を。

（あっ……これ、は……）

ヤバい。

「ん……っ、んぁっ………」

つんと尖り始めた乳首が、胸を揉む自分の手の人差し指に当たって擦れる。微弱な刺激でも気持ちよくて息が詰まる。倫太郎が見ている。

私の手つきは段々と大胆になっていく。最初は〝とりあえず触ってみた〟程度だったのに、力強く捏ね、形が変わるほどグニグニと揉んで、彼の目になるべくいやらしく映るように。

触れられているわけでもないのに、熱い眼差しに疼く。

彼の視線を浴びて私の乳首は完全に勃ち上がっていた。

「真昼」

「うぁっ？　……あっ……」

前触れとかは特になかった。

倫太郎は私の名前を呼ぶのとほぼ同時に手を伸ばしてきて、人差し指の第一関節ですりすりと私の乳首を撫でた。

「んっ……んんぅっ……!」

彼自身は頬杖を突いたまま、熱く静かな眼差しを私に向けてくる。

小刻みに指を左右にスライドさせせられることで、その上でくりくり転がされる乳首。左の尖りにだけ与えられた甘く切ない刺激。

倫太郎はいつも「気持ちいいか」とか、「これがイイ?」と声をかけてくれるけれど、なぜか今に限っては無言だ。ただひたすらに私の乳首を弄ぶ。

「ふっ……んあぁっ……あぁんっ……!」

一点集中で刺激を与えられ続け、私は自分の乳首がおかしくなってしまうんじゃないかと怖くなった。もう片方だって触ってほしい。更には触られてもない下腹部まで疼きだして、どこにも発散できない快楽がお腹の底でムズムズと燻り、溜まり続けていくのを感じていた。

「乳首、ばっかり……だめっ……」

「どうして」

「おっぱいっ……感じすぎちゃう、からっ……」

「へぇ……真昼ちゃんのおっぱいはやらしいんだ」

「っ……！」

そんな意地悪、いつもは言わないくせに。

「エッチなおっぱいだな」

「あ、あぁっ……！」

いつもなら、こういう状況になれば必ず私がもどかしいことを察して、私が何か言う以前に触って鎮めてくれるのに。

あろうことか、次に彼が口にした言葉は。

「真昼」

「ふっ……？」

「そのままそこに寝てくれ」

えっ、寝るの？　……なんで？

最初は〝胸を触りたい〟というオーダーだったはずが、まだ乳首をいじられただけである。そりゃ乳首だって胸の一部ではあるけど……。

（胸はもう飽きたの？）

物足りなさを感じながらも、〝でも今私は奉仕する側だしなぁ〟と思って、言われた通りベッドに寝る。何をする気なんだろう。半端に乳首だけ触っておいて。

ちらっと彼の股間部分に目をやると、パジャマのズボンの中でソコはパンパンに張り詰めているように見えた。倫太郎だって興奮している。

私が釈然としないまま、うつ伏せか仰向けになるかで迷っていると、彼は「仰向けで」とはっきり指示した。仰向けなんだ……。私にはまだ彼の意図がわからない。

言われた通り仰向けに寝転がると、重力に従ってパジャマの前がはだけ、乳首も乳房も完全に露わになる。何をされるかわからないまま無防備な姿を晒し、ドキドキしながら待っていると、倫太郎が動き出して——。

「……えっ⁉」

それは信じがたい光景だった。

仰向けの私の上に、倫太郎が馬乗りになって跨がっている。

いつもの倫太郎なら私に気を遣って絶対にしないであろう支配的な体勢に、私は硬直した。こんな角度で男の人を見上げるのは初めてだ。彼に跨がられ、体の左右に脚がある状態では逃げ出すこともできない。

倫太郎がパジャマのズボンの中からごそごそと自身の陰茎を取り出し始めたのを見て、この後の展開に少し予想がつく。

（えっ………本当に？）

異様なシチュエーションを前に急激に緊張してきて、露わになっている胸が〝ふるっ〟

と震えた。胸を放り出した状態の私の上に跨がり、彼が自分の陰部を使ってすることなんて、考えられる限りそういくつもない。

「挟めるか」

そう言って、倫太郎は長大なモノをパンツの中から〝ぼろん〟と取り出した。雄々しく天井に向かって勃ち上がり、血管を浮かばせてヒクヒクと揺れている。

（うわ……）

彼のソレはいつもより大きくなっている気がした。あと、ソレを取り出すために何気なく捲られたトレーナーの隙間から覗く腹筋の筋が、ひどく綺麗で艶めかしくて。

私は心臓をバクバク鳴らしながら、動揺を悟られないように「たぶん」と適当な返事をする。

「これはいくらだろう。……五千円？」

「あ……っ」

胸を触らせる二千円よりも、自分で胸を揉んでいるところを見せる三千円よりも、更に高い五千円。金額が増すほど過激になっていく要求。

倫太郎が私に跨がるこの体勢で彼が私に要求すること。

それはいわゆる〝パイズリ〟というやつだ。

（ふ……風俗っぽい！）

自分に経験のないことを一概に〝風俗っぽい〟と纏めていいのかはわからないけれど。一方的に男の人に奉仕してあげる感じが、なんかすごく風俗っぽいと思う。しかも体勢的に私から動くことはできないから、主導権は倫太郎にあるという！

「重かったら言って」

彼は私に体重をかけすぎないよう気遣いながら動き始めた。胸の谷間に彼のモノを挟むことを想像していると、倫太郎はそれより少し腰を浮かせて——切っ先を、さっき散々いじくった私の左乳首へと向けた。

「ん……？　あっ……うそっ、やっ……あぁんっ！」

彼は手で自らの竿を支え、熟れた私の赤い尖りを亀頭で嬲《なぶ》ってくる。ぷにぷにとした感触の熱いソレに弄ばれ、指でされるのとはまた違う快楽が私の体の中を駆け巡った。

「あんっ……や……そんなっ……だめぇっ……」

なにこれ？　エッチすぎない？

くりくり、グニグニと。さっき触られすぎて敏感になっている乳首が、倫太郎の怒張したモノの切っ先に捏ねられている。

最初は擦ったり転がされたりするだけだったのにどんどん強く押し付けられるようになって、終いには倫太郎の小さな穴から先走りが零れ、乳首と鈴口の間に透明な糸を引いていた。あまりに卑猥すぎる光景に眩暈がして、目をそらす。

「真昼。ちゃんと見て」

——ぞくっ、とした。

さして強い口調でもないのに、逆らえないのはどうしてか。私はそろりと視線を戻した。

実際に与えられる快感以上に視覚が刺激的。〝ちゅこっ、ちゅこっ〟と彼の鈴口が私の乳首に吸い付いている。先走りで濡れているから、小さな口で愛撫されているみたい。

「あっ……あぁんっ……」

乳首を犯されて気持ちいいなんて。

たった数分の間にどんどん自分のカラダが作り替えられていくようで、怖くなる。

「ヨさそうだな、真昼」

倫太郎はそうつぶやくと、両手で私の胸を横から挟んで中央へ寄せた。

一度腰を引き、寄せた谷間の中へ〝ずぷぷっ……〟と陰茎を挿入する。

「あ……！」

——熱い。

膨らみの側面を押さえている大きな手のひらも。

膨らみ同士の間に割って入ってくる逞しい肉棒も。

彼のモノが私の谷間に収められ、埋没すると、倫太郎はすぐ腰を前後に滑らせ始めた。

熱い塊が私の胸の中を行ったり来たりする。

「ふぁ……んんぅっ……！」

　挿入されているわけでもないのに、私は確かに犯されていた。

　身動きのとれない体勢で、倫太郎が腰を振るのに合わせて私の口から漏れる喘ぎ声。倫太郎も気持ちよさそうに呻いている。顔を赤くし、切なそうに目を細め、私の胸の感触を味わいながら夢中で腰を振っている。

　徐々に体重がかかってきて苦しい。でも気持ちいいから、やめないでほしい。

「ひっ……っあ……あっ、あんっ……りんたろっ……」

「はぁっ……肌が熱くなってきてる。……真昼、見て。俺のが出たり入ったりしてるの、やらしいっ……」

「あ、あ、あっ……！」

　倫太郎の言葉で、お腹の奥底からゾクゾクと淫らな気持ちが溢れ出る。

　自分が何に対して興奮しているのかもよくわからなかった。この征服されている感の強い体勢になのか。倫太郎のいつになく興奮している顔になのか。それとも、お金で買われているという背徳感になのか。あるいはそのすべてにか。

　こんなのもうセックスだ。膣の代わりに胸を使っているだけの、セックス。

「まひるっ……！」

　私の上に乗る倫太郎の動きは更に勢いを増す。ずりずりと私の乳房に陰部を擦りつけて気持ちよくなって、絶頂を迎えようと躍起になっている。

「真昼っ……先のほう、舐めてくれないかっ……」

「っ……！」

飽くなき倫太郎の欲求に私は何度も驚かされる。だって今まで、そんなことしてほしいなんて一度も言わなかったじゃない。

倫太郎は前のめりになり、私の胸の谷間に強く肉棒を捻じ込んでくる。彼の鼠径部と私の下乳が密着してあったかい。

目前では自分の谷間の中から倫太郎の先っぽが飛び出していた。私の胸に埋もれて上下動を阻まれ、先端からは透明な液体が糸を引きながら滴り落ちている。

その鈴口にそっと舌を伸ばす。

「ふっ……んむ……」

「あぁっ……」

透明な液体を舌で掬い上げると、とろみを感じた。ほんの少ししょっぱい味が口の中に広がる。ちらっと上目遣いで倫太郎の反応を確認すると、彼は顔を真っ赤にして歯を食いしばり、声が漏れるのを我慢していた。

その姿を見ていると悪戯心がむくむくと湧いてきて、私は舌をすぼめ、倫太郎の鈴口を音をたてててすすった。

「うッ……あぁッ……まひ、るッ……！」

初めてかもしれない。彼がこんなに、声を抑えきれないほど興奮しているのは。

ずっと聞いていたいほど耳が幸せになる。嬉しさと愛しさで胸がいっぱい。

その後も亀頭全体をぱくっと口の中に含み、歯や唇の裏側などいろんなところに擦りつけて刺激を与え続けていると、倫太郎が腰をビクビク震わせながら絶頂を宣言する。

「ああもうっ……イきそっ……」

息を詰まらせ快感に抗っている、セクシーな掠れ声。

彼の先端は溢れる先走りと私の唾液でドロドロになっている。気付けば私は仰向けのまま膝を立て、爪先に力を入れながら内腿を擦り合わせていた。欲しくなってしまったのだ。

口の中で今にも射精したそうにビクビクしている彼のモノを、私のアソコに捻じ込んでほしい。今なら前戯がなくたって、挿れられてすぐ喘いでしまう自信がある。

（でもこのまま出すよね、たぶん……）

倫太郎は絶え間なく腰を振り、もういつ射精してもおかしくなかった。彼はどこに出すつもりなんだろう。

この間みたいに口に？　それとも、このシチュエーションなら胸に挟んだままとか？

谷間で熱く爆ぜる瞬間を想像する。胸の中でドクドク脈打つ彼を感じながら射精されるのは……それはそれで、自分も達してしまうかもしれない。

倫太郎は言った。

「真昼っ、顔に……」

「え？」

「顔にかけたいっ……！」

（……え――！）

驚きすぎて口をあんぐり開けた。まさかである。

あの倫太郎が！　あの、遠慮しぃでエッチな要求をまったくしてこなかった倫太郎が!!

まさかの〝顔にかけたい〟！

（風俗プレイすご～！）

長年一緒にいて一度も引き出せなかった倫太郎の願望が、こんなにあっさり引き出せるなんて……！

一人感動していると、倫太郎の焦れた声が聞こえてきた。

「っ……真昼、返事っ……もう出そうだから、ダメならダメって……」

「あっ……いい、よ。かけて」

「ん……いくら？」

「い、一万円？」

「わかった」

とても夫婦の会話とは思えない。

しかも合計二万円になってしまった。金遣い荒くない？　ほんとにそんなに払うの？

混乱とともに襲ってくる緊張と不安。顔にかけられるってどんな感じ？　確か、目に入ると危ないいんだよね？　それならしっかり目を閉じておかないと。

閉じておくにはまだ早いかなと思いつつ、びびりな性格もあって私はぎゅっと目を閉じた。「はッはッはッはッ……」とアップテンポになっていく倫太郎の呼吸と、私の胸で激しく摩擦を起こしている彼の熱い屹立を感じて待つ。

顔を汚される。あの倫太郎に、AVみたいなことをされる。

ドキドキしながら待っていると、倫太郎がフィニッシュを迎える。

「はぁッ、はぁッ、はぁッ……真昼っ……！　目ぇ閉じてて っ……！」

達する瞬間の倫太郎の顔見たさもあったけど、彼に言われた通りぎゅっと目を閉じ続けた。直後、「うッ……！」と彼が大きく呻く声が聞こえてきて、同時に口のあたりに熱い飛沫が降り注ぐ。

独特の匂い。粘り気。温度。

「ん……あっ……はぁッ………大丈夫か？　そのままもう少し目ぇ閉じてて……」

倫太郎の声が降ってくるのと同時に、私の上にかかっていた彼の体重はふっと去っていった。馬乗りの状態から降りたみたいだ。それからティッシュを何枚か多めに取り出す音がして、私の顔の上にふわっと何かが被せられる。

「後でお湯で濡らしたタオルでも拭こう。……ああでも、顔洗わないと気持ち悪いか……」

自分から「顔にかけたい」と言ってきたくせに、いざ実行した後の倫太郎は、声を聞く限り笑っちゃいそうなほど狼狽《うろた》えている。かけられた私以上に衝撃を受けたみたいだ。

でも自分から言い出したくらいだから、これが倫太郎の願望なことに変わりはないんだよね？

倫太郎にティッシュで顔を綺麗にしてもらって、「もう大丈夫かな、見た目的には」と彼がつぶやくのを聞いてからそっと目を開けた。バツの悪そうな顔の倫太郎と目が合う。

結構な量を射精したからなのか、彼の顔は疲れていた。額にも首筋にも薄っすら汗をかき、ちょっと気だるげ。

私は悪戯っぽく尋ねる。

「ねぇ知ってる？」

「ん……何を」

咄嗟のことだったから良いも悪いも判断がつかなかったけれど、いわゆる〝顔射〟というものについてはこんな話を聞いたことがある。

「顔にかけられるのって、嫌がる女の子が多いらしいよ」

「……やっぱり嫌だったか!?」

疲れていた倫太郎の顔が青褪めていく。

その話はいつ誰としたんだったか。内容的にたぶん、彼氏持ちの友達の愚痴だろうな。清枝だったっけ？　〝AVの見すぎ！〟という嘆きとセットで覚えている。私はその嘆きの内容を思い出しながら、つらつらと倫太郎に話して聞かせた。

「やっぱり目に入ったら痛いし、失明するかもしれないし。そもそもかけられて嬉しいものではないし」

「ごめっ……」

「でも私、相手が倫太郎だったら大抵のことはOKかもしれない」

「……それは……どういう」

私と世間の女性との間に、大きな感覚のズレがあるわけではないと思う。顔にかけられることについては友達の話を聞きながら〝それは嫌だな〟と思っていたはずだ。今だって、顔を汚されて、嬉しい感情は特に湧いてこない。

でも、これくらいのことで倫太郎が満たされるのなら、さして苦だとも思わない。

未だにおろおろしている倫太郎に対し、明るく告げる。

「攻めたプレイも大歓迎♡　ってこと！」

「お、おお……」

もっと知りたい。

倫太郎が私に対して何を望んでいて、どんなことに興奮するのか。
結婚三年目にしても、開けていない性の扉はたくさんあるんだなぁと思った。

◇七章　今の私ができるまで

私、ちょっと甘かったんだと思う。

デリヘルごっこのリトライを経て、私は自分自身に課題を感じていた。

倫太郎はああいうパイズリとか顔射とか、背徳感強めのことをやってみたかったんだ。全然気付かなかった！　そんなこととは露知らず、〝もっとグイグイきてくれたほうがいいのに～〟とか、勝手に思ってた。

倫太郎だって人間なんだから、変わった性癖やフェチのひとつやふたつは持っていたって自然なこと。〝グイグイきてくれたほうがいいのに～〟と思っていた割には、私のほうが彼の性癖を受け止める準備をできていなかったみたい。

これ以上過激なリクエストがきたときに私、対応できるだろうか？

（これは……明らかな勉強不足！）

顔射でさえ提案されたときはちょっと狼狽えてしまった。もしこの先更に過激なプレイを求められたときに、無知ゆえに「それはちょっと……」なんて私が拒んでしまうことがあれば、倫太郎は二度と自分の性癖を私に晒してくれないかもしれない。

結婚生活はエンターテインメント。それが私の持論。

お互いの満足度が夫婦円満を左右するから、常に相手の期待を少しずつ超えていくことが大事だ。――そう、だから私は、倫太郎の秘された欲望の少し上をいくくらいのつもりで頑張らないと！


「――あ、そうなの？　了解了解！　全然いいよ～」

清枝からかかってきた電話にそう返事をして、私は目的の場所へと急いだ。天気のいい昼下がり。陽光がまぶしい緑の道を抜けると、周辺の建物の中でも際立っていっとう格式高い、優雅な佇まいのホテルが姿を現す。

今日、私はあそこで人に会う。ネットの知識ではもう限界だと思った私は、清枝の人脈を頼ってその道のプロに話を聞くことにしたのだ。

先方から指定されたのは偶然にも倫太郎が勤めているホテル併設のカフェレストランで、私は入口から店の奥の個室に辿りつくまでの間〝倫太郎がその辺を歩いてたりしないかな

〜　ときょろきょろしていた。

（そんなうまいことないかぁ）

倫太郎はフロントスタッフだしね。お客さんを案内するとかでもない限り通らないか。

サクッと諦め、私はカフェレストランの中の個室スペースで件の人が現れるのを待った。

さすがに現職の人に〝夫とのプレイに活かしたいので手練手管を教えてください！〟とは、失礼すぎて口が裂けても言えない。よって、プロに話を聞くという道は潰えたかと思われた。

しかし、一人だけいたのだ。

清枝から私が実践中の疑似風俗プレイの話を聞いて、「なにそれ面白そう！」と相談に乗ることを快くご了承くださった神様みたいな人が。しかも元セックスワーカーで、指名を総取りしていたという超売れっ子！

「あっ、はじめまして！」

レストランのスタッフの人が「こちらの部屋です」と案内している声が聞こえたので、この人が私の待ち人だとすぐにわかった。

歳は二十代後半から三十代半ばといったところで、私とそう変わらないか、少し上かのどちらか。端整な容貌は今をときめく人気俳優のようで、切れ長の目はクッキリとした二重。すらりとした長身と綺麗に伸びた背筋はモデルと言っても通用しそう。黒のシャツに黒のアンクルパンツ、黒いデッキシューズ。季節的には暑苦しくなりそうな黒コーディネートをさらりと涼やかに着こなしているその人は、席で立ちあがった私を見据えて言った。

「アンタが清枝ちゃんのヤバい友達？」

「そうです！」

「ヤバいの否定しないんだこわーい」

——清枝の仕事上の知り合いであるエッセイ作家、天塚竜慈《あまつかりゅうじ》さん。かつてゲイ風俗店で〝伝説のボーイ〟と言われていた、男のツボを知り尽くしている奉仕のプロ。その経験から紡がれるエッセイが今ネットで大ブレイクしている。

天塚さんはハットを取ると鞄と一緒に隣の席に置き、ご丁寧に名刺をくださった。私も用意していた自分の名刺入れを取り出し、名刺交換をする。

「今日は来てくださってありがとうございます」

「清枝ちゃんには大きい連載の仕事を繋いでもらったからね。それに、あなたには本をデザインしてもらった恩もある。その節はありがとう」

「えっ！　清枝そんなことまで言ったんですか？」

「ううん。奥付の名前と一緒だったから気付いただけ」

「ははあ、光栄です」

実はそうだった。天塚さんのエッセイ本のカバーデザインを担当したのは私。でもそれを引き合いに出して話を聞かせてもらうのはちょっとずるいかなと思い、清枝には黙ってもらっていた。

天塚さんはカモミールティーを注文した。気だるげな雰囲気を纏いながらも気さくに話しかけてくれる。

「今日は二人になっちゃったけどいいの？　別に日を改めてもよかったのに」

「私は大丈夫ですよ」

さっき清枝から電話があったのはこの件についてだった。本当は今日、清枝にも同席してもらって三人で会うはずだったのだけど、清枝は別件のトラブル対応に当たることになって急遽天塚さんと二人で会うことに。さっきの清枝からの電話はその連絡とお詫び。

「天塚さんは大丈夫でしたか？」

「俺はもちろん、問題ないよ。面白い話が聞けそうだと思って来ただけだし」

「インタビューするのは私なんですけど……」

「俺が聞くのが先でしょ。旦那と風俗プレイするために真剣に研究してるんだって？」

あらためて言葉にされるとなかなか恥ずかしいものがある。これは〝ヤバい友達〟と称されても仕方ないかもしれない。

けれど私は大真面目だ。ここで恥じらって何も収穫を得られないんじゃ意味がないので、前のめりになって応戦する。

「ネットの知識では限界あるなと思って」

「それで元セックスワーカーに話を訊こうって行動力ヤバくない？　しかも俺、男でゲイ風俗だけどその辺わかってる？」

「男性を気持ちよくするプロって点では一緒でしょ？」

「まあ、そうだね」

「あと私、夫以外の男の人とそういう突っ込んだ会話をしたことがないので、生の声が聞きたいっていうか」

「ふーん……旦那はどんな人？」

　そこから私は倫太郎について説明した。いつも話を聞いてくれる清枝は倫太郎を知っているので、こうやって一から彼について話すのは新鮮で変な感じ。どちらかと言えば天塚さんから話を聞くつもりでいたから、倫太郎について話す内容も特に考えていなくて、思いつくままをつらつら話すことになった。

　私が倫太郎のことを一通り話し終えると、天塚さんは「だいたいわかった」と。

「ほんとに旦那のこと好きなんだな」

「ええ！　とっても!!」

「それで、本当のことは言えずに溜め込んでる……と」

「……え？」

「違うの？」

何が天塚さんにそんな風に思わせただろうかと、自分がした話を振り返ってみる。私何か不満ぽいこと言ったかな？　いや言ってないはず……。

「だってそんなに好きな旦那なら、プレイは二人で話し合って決めたらいいじゃん。そういう話ができないから俺にお鉢が回ってきたんだろ？」

「いや……できない、ということはなくて」

「じゃあなんで部外者に話聞こうと思ったの」

「もっとマニアックなことも、知識をつけたほうがいいのかなぁと」

「アンタの旦那がそれを望んでるわけ？　なら一緒に興味あること勉強したらいいじゃん」

「うーん……」

天塚さんの言うことはあっている。あっているんだけど、私たちに当てはめるのは難しい。天塚さんが言うみたいに倫太郎と一緒に探っていければ一番いいんだろうと思う。でも倫太郎は、私にしてほしいことは何もないと言うし。風俗プレイの中で突然提案されても、今の私じゃ対応しきれるかわからないし……。

なんとなくモヤモヤ燻っている頭の中を知られたくなくて、笑ってそれっぽい回答を述べた。

「サプライズがしたいんですよ！」

「……サプライズ？」

「はい！　彼が思いもしないようなことで驚かせてあげたくって。付き合いが長くなってくると、サプライズって大事でしょう？」

「ふーん……」

天塚さんは私の話で納得してくれたのか話を先に進める。

「その旦那は、アンタがそこまで頑張ってあげるほど価値のある男？」

「価値のある男ですよ？」

「即答かよ」

笑われた。それを機に天塚さんは私を問い詰めるのをやめ、雰囲気が優しく和らいだ。

この会話の緩急が数々のお客さんを虜にしてきたんだろうか。天塚さんを指名する人の気持ちが、ちょっとだけわかるかもしれない。

なんだか肩の力が抜けてきて、私はするつもりのなかった自分の話をしてしまう。

「私、こんな風に知らない人とお話しするの、昔はすごく苦手だったんです」

「へぇ、意外」

「学生の頃は〝どうせ私と話してもつまんないだろう〟とか、〝私は根が暗いし一人のほうがあってる〟とか思ってて」

「わ～自尊心どこに置いてきた？　って感じだね」

まったくもってその通り。その頃の私は非社交的で、楽しそうにじゃれ合うクラスメイトたちを見て〝どうして自分はああいう風になれないんだろう〟〝こんな自分はしょーもない〟と自己肯定感ゼロで生きていた。

それで終われればただのしんどい話。

「でも私、変わったんですよ。夫に暗示をかけられて」

「暗示？　どんな？」

「〝きみは可愛い〟って」

「……うわぁ～」

この話は恥ずかしいから、あまり人に話したことがない。だけど私は私の気持ちを再確認するためにも、一度人に語ってみてもいいかもしれない。天塚さんには悪いけれど。

「惚気話なんですけど聞いてくれます？」

「まあ興味がないことはないな。続けて」

さすが伝説のボーイ。こんな話まで聞いてくれるのですか。

〝ありがてぇ……〟と心の中で拝みながら、私は語り始めた。

＊

十七歳。高校二年生だった紺野《こんの》真昼はそれはもう野暮ったく、長い前髪と眼鏡を周囲との壁にしているような地味な女子生徒だった。緊張せずに話せるのは高校入学直後に席が近くて話しかけてきてくれた清枝と、同じ美術部に所属している部員だけ。校内でも私の存在を認識している人はあまりいなかったんじゃないかと思う。

対して同級生の国崎倫太郎は、学校の中で知らない人はいない有名人だった。一校に一人いるかいないかレベルのイケメンで、他の男子生徒に比べ雰囲気もノーブル。全学年の女子を見事に虜にしていた。それだけでも話題に事欠かないのに、加えて彼は個性的だったのだ。

男子グループが彼のことを〝パシリ王子〟と呼ぶのを聞いたことがある。

倫太郎はホテルマンを仕事に選ぶほど人に尽くすのが好きで、フットワークの軽い男だった。困っている人を見かけたら自分の都合を差し置いてでも助ける。「用事があるから掃除当番代わって！」と頼まれれば、それが見え見えの嘘であろうと引き受ける。

誰に対しても平等に親切で、それなのに〝俺の彼女に媚売ってる！〟などいちゃもんをつけられたりしていた。人の役に立とうとするあまり空回っているような、不器用な人だった。

そんな彼と私は接点などまるでなかったのに、その年の文化祭実行委員でたまたま一緒になった。一番仕事量の多い装飾担当を〝美術部員だから〟という理由で押し付けられた私と、〝みんながやりたがらないなら〟という理由で自ら進んで買って出た倫太郎。

予期せず私たちは放課後一緒に残って作業をするようになり、そしてある日、黙々と板にペンキを塗るなかで、彼が言ったのだ。

「単純に、人が喜んでくれるのが好きなんだよね」

とても唐突な一言だった。

私が人見知りを炸裂させて沈黙を守るなか、ペンキの匂いが漂い、換気のために開け放った窓から秋の夕方の涼しい風が吹き込む教室で。なんの前触れもなく。

直前に窓の外から「あいつ顔のいい便利屋じゃん！」と話す声が聞こえてきたせいかもしれない。名指しではなかったものの、おそらく彼のことを言っているんだろうなとわかる内容の会話。それに対してぽつりと、独り言のような弁解。

私は迷った。聞かなかったことにするべきか。または独り言として受け取って、黙って心の中にしまうべきか。いずれにせよ何か言葉をかける勇気はなくて、無反応を決め込むことが前提だった。

――けれど。

そのときに限って、私は〝それでいいのか？〟と自分の態度に疑問を持った。

ここで黙ってやりすごしていいの？　それって家に帰ってから後悔しそうじゃない？

〝何か言えばよかった〟って後々悔やむくらいなら、なんでもいいから言っておいたほうがいい気がする。

そう思って、私にしては珍しく「わかるよ」と相槌を打った。慣れていなすぎて、とてもぎこちない言い方になってしまった。

そしたら彼が食いついてきて。

「わかる？」

「うん。自分がしたことで相手が笑ってくれたら〝やってやったぜ！〟って気持ちになるよね」

「そう！　そうなんだよ！」

「えっ……国崎くん手元見て！　ペンキが飛ぶ！」

急にペンキ入れそっちのけで熱を入れて返事をした彼の手元が心配で、私はおろおろ。

彼は「ああごめん」とマイペースに謝り、手元に意識を戻して話を続けた。

「別にモテたいとか、見返りが欲しいとかじゃなくてさ」

「うん」

「相手に喜んでもらえたら、それは俺にとって〝勝ち〟なんだ」

「〝勝ち〟って。国崎くんは何と闘ってるの？」

顔がよすぎて近寄りがたいと思っていた彼が、そうやって不思議な熱弁をふるうので、私はつい笑ってしまった。学校で親しい友人以外の前で笑うのは、私にしてはとても珍しいことだった。笑ってから倫太郎が私の顔を凝視しているのに気付いて、初めて〝笑ってしまった！〟と気付いたくらい。

こんな芋女に笑われて気分を悪くした？

〝何笑ってんだよ〟と思われたかも……。

柄にもなく出すぎた真似をしてしまったと思って私が縮こまっていると、彼はペンキのついた刷毛《はけ》を置き、自分の膝を抱いてまた私の顔を覗き込んできた。

そして、こう言ったのだ。

「紺野さんの笑った顔初めて見た。可愛いね」

「……は？」

予想だにしなかったことを言われて、私の口から世界一可愛くない「は？」が出た。油断していたところを鈍器で殴られたかのような衝撃が走る。

それなりに褒められた経験のある女の子なら、可愛く頬を染めて俯いたかもしれない。けれどそんな経験のない私には適当な受け取り方もわからず、拒絶反応が出てヒいてしまった。

「ものすごい顔……せっかく可愛かったのに」

「嘘を言われても私は喜ばない」

「嘘じゃない」

「国崎くん目ぇ大丈夫？」

「紺野さんこそ。自分の顔鏡で見たことあるの？」

「それ不細工に言うセリフだと思うけど……」

男子と会話のラリーが続いているというだけで大事件なのに、この会話はなんだ。居心地が悪いにもほどがある。ただでさえ分不相応な言葉を浴びて居た堪れないのに、顔面偏差値の高い彼が口にするともはや暴力だ。褒め殴り。褒め斬殺。

私がそんな風に感じていることなどつゆ知らず、彼は真顔で同じ言葉を繰り返した。

「紺野さんは可愛い」

「そういうの、ほんっっとにやめて」

自然と私のしゃべり言葉にも余裕がなくなる。

彼は相手に喜んでもらえたら自分の勝ちだと言っていた。このときばかりは絶対に彼に勝たせてなるものかと思った。優しい嘘で喜んだって虚しいだけだ。それに悔しい。

私は私自身の容姿を正しく見積もっている自信があった。手の施しようのない不細工ではないかもしれないけど、決して可愛くはない。可愛い可愛くないの二択で百人に訊いたら、かろうじて一人が甘々採点で可愛いに入れてくれるかどうか。そんなレベルだと思う。

しかし彼は、その一人にあたる奇特な人なのか、まだ繰り返す。

「なんで否定するんだよ。そう思ったから言っただけなのに」

「無責任なこと言わないでよ……」

　まさか、誰彼構わずそういうことを言っているから、〝俺の彼女に色目使った〟とか言われてるんじゃないだろうな。だったらあなた自業自得ですよ……。

　それを指摘すると倫太郎は「違う。こんなこと普段は言わない」とのたまった。

　それじゃあどうしてよりにもよって、私に言ったのか。慈善事業か？　はたまた他の男子と賭けでもしてるのか？　〝紺野にウソ告白してこい〟って。そんな遊びに乗るような、性根の悪い人だとは思えないけど……。

「とにかく、もう言わないで」

「どうして？　可愛いと思ったのに可愛いと言ったらいけないのか？」

「思ってもないこと言わないでって言ってるの！」

「思ってもないことはそもそも言わない」

「はぁー……」

　しんどい水掛け論だ。否定したら否定しただけ、私が彼に可愛いと言わせているみたいになる。

　言わせておけば飽きるのかもしれないと思いつつ、どうしても、彼の言い逃げで終わってしまうのが癪だった。ちゃんと撤回してもらわなくちゃなんだか気持ち悪い。

　一体どう言えば、彼の行き過ぎたお世辞を嘘だと暴けるか。考えて、ピンと思いついた。

簡単なことだ。自分事として彼に考えてみてもらえば一発で片が付く。

「そんなこと言って……私と付き合いたいなんて思わないでしょ」

これぞ究極の質問だと、自分の思いつきを自画自賛。〝可愛い〟なんて口ではなんとでも言える。息を吸うように嘘がつけたとしても、実際に自分が付き合うなりの行動を迫られれば撤回せざるを得まい。

ところが倫太郎の反応はこうだ。

目を真ん丸にして。

「え？」

……なに、その疑問。何の〝え〟？

怪訝な顔をした私を正面から覗き込んで、彼はまっすぐな目で尋ねてきた。

「俺と付き合ってくれるってこと？」

スローモーションで時が流れる。

学校一のイケメンがキラキラと光を散らして嘯く胸キュン台詞。こういうの何かで見たことあるぞ。見たことあるというか、少女漫画でよくあるやつだ。〝学校の人気者がスクールカースト下位の私を好きになった！　一体どうして⁉〟というやつだ。

けれどこれは現実なので、私はこう結論付けた。

「……もー！　引っ込みつかなくなってるんでしょ！」

「え！　なんでそうなるの!?　今付き合ってくれそうな雰囲気だったのに！」

危うく陥落しかけて、すんでのところで正気に戻った。

私は絶対に騙されている。何がどうなったらこんな爽やかイケメンが私のことを好きになるの？　少女漫画だって、地味ヒロインが好かれるのにはちゃんと理由があるんだよ？　無条件に愛されるなんてことは、フィクションの中でさえないんだから……。

けれどその後も、どういうわけか彼はアプローチをやめなかった。飽きずに私に「付き合ってほしい」と言い続け、そのうち人前でも「紺野さんは可愛い」などと言い出した。とんでもない嫌がらせである。お陰でそれまで存在が空気だった私は学内で一気に注目を浴びることになり、倫太郎ともども好奇の目に晒されることになった。彼も周りの評価が耳に入らないわけではないでしょうに、それでも変わらず「きみは可愛い」と。

そして最終的には、私が根負けする形で倫太郎との交際が始まった。

付き合い始めて、大学に進学してからも彼の口癖は変わらず。

「真昼は可愛い」

「もうほんと……肩身が狭いからやめて……」

「本当のことなのに」

事実、私はしばらく肩身の狭い思いをし続けることになった。彼の容姿は大学でも一等級で、モテるわモテるわ。それなのに彼女の私は見るからに冴えない女なものだから、周りが不満を持つのも仕方のないことだと思う。

ただ私は段々と、倫太郎が嘘でも冗談でもなく、本気で私を可愛いと思っているらしいことに気付いていった。倫太郎は嘘を言っているのではなく、彼の美的感覚がどっかイカれてしまっているのだ。そうなると笑われるのは倫太郎で、私と付き合っていることが笑いの種にされてしまう。

（それはイカン！）

紺野真昼、一念発起の瞬間である。

倫太郎の美的感覚を正すのは難しい。ならば私のほうが〝可愛い〟にちょっとでも近づいて、彼の美的感覚がおかしくないと証明するしかない……！　証明というよりもはや、捏造の域だけど！　幸いにも〝可愛いは作れる〟らしいので。

そして私は眼鏡をコンタクトに変えた。化粧の勉強をした。

小顔になるマッサージを毎日欠かさずやった。

人と話すとき笑顔でいる努力をした。

大学を卒業する頃には、入学当時と見違えるほど、私は普通の女子に擬態していた。

大学卒業後、倫太郎は第一志望のホテルに就職し、私はデザイン事務所に就職。早々に破局すると私自身さえ思っていた顔面格差カップルは、片手を優に超す年数の付き合いになっていた。

そして社会人になって三年ほど経った頃、ついにその日は訪れる。

「結婚したい」

いつものように倫太郎の一人暮らしの部屋に泊まり、お風呂を出てドライヤーをかけてもらっているときだった。彼が私の髪を乾かし終え、ドライヤーのスイッチを切り、風の唸りが消えたと同時に、背後から聞こえたプロポーズ。

空耳だった可能性もなくはない。

けれど私は、後ろの倫太郎を振り返ってこう返事した。

「いいよ」

「えっ⁉」

素っ頓狂な声をあげて伸び上がる倫太郎。

私の返事がそんなにも意外だったのか、珍しくおろおろ動揺していた。そんな反応をされると私も複雑だった。せっかくOKしたのに……。

「驚きすぎでしょ……」

「いや……付き合う前から真昼、ずっと〝なんで私？〟が口癖だったから」

「断られるつもりでプロポーズしたの？」

「ううん。〝なんで私？〟に備えて理由を百個考えてきてて……」

それはすごい。重い……。

私と闘うつもりで挑んできたらしい彼のことがちょっと怖くなり、同時に愛しいなぁと思った。倫太郎のことだから、きっと馬鹿真面目に本当に百個考えてきてくれたんだろう。百個全部聞かせてほしいような、それはやっぱり恥ずかしいから勘弁してほしいような。

とりあえずこのときだけは、彼と闘う必要がなかったので。

「百個も挙げてくれなくて大丈夫。結婚する」

「こんなにすんなりと珍しい……一体どうして――」

「だって、ほら」

言おうか言うまいか一瞬だけ迷った。

でも、勇気を出して言ってみた。

「……私って、可愛いらしいし」

「……真昼！」

ついに私は洗脳されてしまった。彼が可愛い可愛いと言い続けたせいだ。あんなにしつこく連呼されたら、そんなのもう可愛くなるしかないじゃないか。

こっちは恥ずかしいのを我慢しておどけて言ったのに、このときでさえ倫太郎は真に受けて「やっとわかってくれたか！」なんて言っていた。

彼はちょっとアホなんだと思う。

でも願わくばずっとアホでいて、私のことを好きでいてくれ、と思う。

*

「恋して綺麗になったわけだ」

「恋されて綺麗にならざるを得なかったんです」

「言うねぇ～」

天塚さんは本当に聞き上手で、私の長い話の間もちょうどいいタイミングで相槌を打ち、欲しいところで欲しい言葉をくれた。すべてを話し終えた私は、とてもすっきりしている。

最初に〝可愛い〟と言われた当時はなんて無責任で迷惑な男なんだと思っていたけど、倫太郎は私を捨てずに〝可愛い〟と言い続けてくれた。それってものすごいことだと思う。

なんという根気強さ。普通は「嘘だ」と言って自分の言葉を信じない相手に、同じ言葉を注ぎ続けるなんてできないと思う。

「そういう夫なので、もっといろんなことをしてあげたいなって」

「なるほど。それは確かに、動機づけには充分かもな」

比べるまでもなく、私は今の私のほうが好きだ。膨らんだ劣等感で〝自分なんて〟と諦めていたときよりもずっと人生が楽しい。倫太郎に与えてもらったものは大きくて、しかもたくさんで、多すぎるくらい。

「やってあげたいことは他にもいろいろあるけど、そのひとつがセックスなんです」

「そこはどうしてそうなったって感じだけど……」

「〝気持ちよくしてあげる〟とか〝願望を叶えてあげる〟ってわかりやすいでしょ？」

「そりゃそうかもしんないけどさ。……まあ、夫婦の間の哲学に正解とかないんだろうね」

正解があるならどれだけ簡単だったか。けれどそれを模索するのが結婚の醍醐味でもある気がする。

そして模索を続けているうちに、私はここに辿りついたわけで。

「ここまでの話を踏まえて」

「うん」

「こう言ってる私が夫にしてあげるといいプレイ、何かないですかね？」

「うわ。あらためて訊かれるとめっちゃムズいね、この依頼」

そうだ。私は倫太郎との馴れ初めを聞いてもらうために伝説のボーイ（元）を召喚したわけではない。男の人を気持ちよくするプロである彼にわざわざ来てもらったのは、ネットで知るには限界のあるその手練手管を口頭で御指南いただきたかったから。

天塚さんは端整な眉をひそめて困った顔になる。

「ノリで引き受けちゃったけど……仮にも人妻に入れ知恵していいものか」

「是非！　どんどん入れちゃってください！」

「普通じゃないしいいのかなぁ……。っていうか、つまり今のその感じも処世術なわけでしょ？　元々はそんな性格じゃなかったってさっき言ってたし。キャラを演じてるだけか」

「何もわかってませんね天塚さん」

「は？」

「最初は無理して作ったキャラでも、何年も演じてたらそれが素になってくるんですよ。恐ろしいことに……」

「戻れなくなったわけね!?」

そんなやりとりの末、最終的には天塚さんが「もういいか……」と折れて私にアドバイスをしてくれることになった。

具体的な内容は、とても白昼のレストランでしていいような話ではなかったので割愛させていただく（個室にして本当によかった）。

「やってみて〝無理だ！〟と思ったら途中でやめていいと思うよ、別に」

「いいえ！　私、意外とできそうな気がしてます！」

「マジかよ」

ランチメニューを頼み、その後もカフェメニューまで頼んだ結果、四時間を超す長い会談となった。天塚さんは私の無理なお願いに応えてくれて、私が倫太郎にまだやったことのなかったワザを教えてくれた。

お会計を済ませ、レストランを出ながらさっきの会話を続ける。きわどい単語が飛び出さないようにだけ気を付けて、最後の最後まで教えを乞う。

「これをしたら彼も喜んでくれますよね」

「ああ、たぶんな。俺が相手にした客は大抵喜んでたから……最初は抵抗あってイヤヤ言うかもしんないけど、すぐに力抜けて気持ちよくなるはずさ」

そんな言い方をするとヤバい薬でも使うみたいに聞こえるけど、大丈夫だろうか……。

店のスタッフに見送られ、レストランから歩道に伸びるお洒落な階段を一段ずつ下る。モデルみたいな天塚さんが下りていくとそれだけで様になるなぁと思いながら、彼の後をついて私も階段を下りていく。その途中でも天塚さんの話は続いた。

「アンタの惚気話を聞いてたら、旦那に一番与えてもらったものは自己肯定感みたいだからさ。同じように相手の自己肯定感を高めてやりたいならアレが一番いいんじゃねぇのって思って」

「や〜。やったことないからやってみますけど、うちの夫、自己肯定感は別にそんな低くないと思うんですよね。お話しした通り昔から顔も性格もいいので」

「最後まで惚気をどうも。でも、男ってそんなに安定した生き物じゃないよ」

「というと……？」

「自信なんて簡単にグラグラになるし、スペックが高いからって自己肯定感最強！　とも限らないって話」

「そうなんですか？」

「そうだよ。だから試してみ。さっき教えたアレは男の自己肯定感が爆上がりする」

そういうものかしら……。

でも師匠の言うことだもんな。信じよう。私のやること為すことで倫太郎の自己肯定感が爆上がり。うん、最高じゃないか。

「あともう一個アドバイスするなら、こうやって男と二人で会うのはやめなね。つまらないことで浮気を疑われるの嫌でしょ」

「浮気？　ないですよ〜。それに天塚さんはゲイでしょ？」

「バイだって言ったらどうする？」

「え、そうなんですか？」

不敵な笑顔を向けられて、〝それは気付かんかった〜〟と思っていると、急に距離を詰められた。写真映えする綺麗なお顔が突然どアップになる。

私は何事かと思ってとっさに両手でガードした。すると天塚さんは、私の顔の横側に首を伸ばして耳打ちしてくる。

「――まあ、生粋のゲイだけどね。見た目じゃわかんないだろうから、俺のことよく知らない人がこういうの見たら誤解するよって話」

「ははあ」

確かに。

ふいっと離れていった天塚さんに「気を付けます」と言うと、彼はにこっと笑った。

「よろしい。次は清枝ちゃんと三人でね」

「はい」

三人で遊ぶのも楽しそうだなと思いつつ、一人になってから家までの帰路はずっと、今夜倫太郎に仕掛けるプレイについて考えていた。

(男の自己肯定感が爆上がり……)

本当に喜んでくれるだろうか？　ヒかれたりしないかな。

天塚さんは〝最初はイヤイヤ言われるかも〟って言ってたけど、私たちの場合やめるか続けるかの判断はどこでつけるべきか。本気で嫌がられてしまったらさすがに無理強いはできない。

(……あー！　なんか緊張するな～！)

今夜は倫太郎の好きな唐揚げを揚げよう。衣に揚げ玉をまぶしたやつ。
彼を喜ばせる算段をしているときは、いつも足取りが軽い。

◆八章　嫁のテクニックが凄すぎて不安になる話

その日はいつも通りの日勤で、休憩時間をホテルの屋上で過ごしていた。『ハイウインド東京』の屋上ではこの季節、夜にビアガーデンを開く。代わりに昼間は宿泊客は立ち入れないようになっており、俺のように一部の従業員が気分転換で足を運ぶ。

高層ホテルなだけあって太陽が近く暑いが、霧のクーラーの傍はひんやりと気持ちいい。おまけにパラソルで直射日光も避けられる。休憩の穴場だ。

「はぁ～……うま……」

正午の爽やかな風に吹かれながらコロッケパンを齧る。ホテルから徒歩数分のところにあるコンビニで買ったものだが、ジャガイモの味が甘くてなかなか侮れないなと思った。

今月、俺の出費は突出して大きくなっている。理由は風俗を複数回利用しているから。相手が嫁といえど、風俗に入れ込んでいるせいで節制を余儀なくされているのだ。

端的に言ってクズでは？

昼食代を削ってまであんなこと……。

（いつから俺はあんなド変態になったんだ……）

嫁との風俗ごっこで散財しているのも大問題だが、輪をかけて問題なのが先日のプレイ内容だ。真昼がデリヘル嬢になりきって迎えてくれたあの日は、俺が夜勤明けだったこともあって途中で力尽きてしまった。自分は出すだけ出して真昼を放置して寝落ちしてしまったので、〝さすがにそれはあんまりだ〟と思った俺は彼女に〝埋め合わせにもう一度やらせてくれ〟と願い出た。そこまではいい。

問題はリトライした二度目のデリヘルごっこ。「何かやりたいことは？」と真昼に詰め寄られて、最初は無難に胸を触ろうとした。――しかし、だ。真昼が自分でパジャマのボタンをはずしていく姿を眺めていると、途中で気が変わってしまった。

目に見えてドキドキしている真昼が、恥じらったなんともいえない顔でパジャマのボタンをひとつひとつ自分ではずしていく姿は、ひどくエロティックで綺麗だった。もっとこの姿を見ていたい。――そんな願いから、俺は真昼に〝自分で胸を揉んでいるところを見せてくれ〟とお願いした。

このあたりから俺の理性が完全に仕事をしなくなった。

つんと硬くしこっている乳首に触れたくなって、いざ触れて、感じている顔を見ていたらあの日の激しいセックスを思い出した。初めて真昼に口でしてもらった日の、あの、頭がおかしくなりそうなほど興奮した交わり。それを思い出すともう抑えが利かなくて。

そこから馬乗りになってのパイズリに発展。何度目かのフェラ。果ては顔射。

これまでやってこなかったことまで、なぜかここぞとばかりに盛り込んでしまった。

(真昼はよかったんだろうか……)

顔射の直後、彼女は何が起きたのかわからずぽかんとしていたように見えた。その後すぐいつもの調子に戻って「攻めたプレイも大歓迎♡」なんて言っていたが、ほんとのところはわからない。無理をして明るく振る舞っていた可能性もある。

でも逆に、今までが物足りないと思われていた可能性もあるわけで……。風俗プレイなんて提案してきたくらいだから、生半可なセックスにはきっともう飽きてきてるんだろう。

そしたら顔射は正解だったのか?

それともあれはさすがにナシ?

(……わからない)

よもや嫁とのセックスで、ここまで頭を悩ませる日がこようとは。

「あ、国崎だ」

「大隈」

パラソルの下の椅子に座っていると急に人が目の前に立ったので、見上げてみれば大隈がそこにいた。ジャケットはなし。ノーネクタイのボタンダウンシャツ。完全にクールビズの装いが羨ましい。

「今日もこっちなのか」

「いや～総支配人に気に入られちゃって♡」

そう言いながら当たり前のように俺の向かいの席に座る。またも話し込む気満々だ。ホテル内で大隈を見かけるたび必ずこうだが、ちゃんと仕事してるんだろうか。

「今日あっちぃね。ここ夜ならビール出てくんだよなぁ。いいな～」

「奥さんとは仲直りしたのか」

どうせその話を聞かされるのだろうと思って、先回りして話題に出す。すると大隈はへらっと笑って答えた。

「元から喧嘩はしてないし」

「まだ続いてるんだな……」

「レスと喧嘩は違うんです～。喧嘩してなくてもレスにはなるんです～」

「……大丈夫か？」

軽いノリは相変わらずだが、前に比べてどこか覇気がない。前回地下の更衣室で話したときには「デリヘル呼んじゃおっかなー」なんて言っておどけていたのに、今はその元気もなさそうだ。自分から誘ってみたがきっぱり断られたという話を聞いているだけに、少し心配になる。

大隈はビアガーデン用に設置されたテーブルに頬杖を突き、物憂げな顔でため息をつく。

「体を許してもらえないってことは、どっか信用されてないいんだろうな」

「それは……」

「あーあーやめやめ！　俺のことはいいや！　国崎は？　俺が声かけたとき辛気臭い顔してただろ。なんかあったの？」

大隈は自分で話をぶった切り、話題を俺に返してきた。本人が突っ込んだ話をしたくないと言うなら俺が追及するのも野暮だろうか。

しかし俺に話を振られたところで、である。俺が目下悩んでいることは、セックスレスで悩んでいる大隅に相談するのは憚られる内容だ。

大隅は構わず、グイグイ問い詰めてくる。

「なんだなんだ、真昼ちゃん関連か？」

「真昼ちゃんって呼ぶな」

「否定しないってことは図星だろ。どうしたん？」

「……別に」

「水臭いな話せよ～！　俺はこんなになんでも赤裸々に話してるんだからさ！」

それは大抵お前が勝手にしゃべっていくだけじゃないか、というツッコミはありつつ……言われてみれば、俺はこれまで自分の話はあまりしてこなかった。それは取り立てて問題がなかったからだと言えるが、今は結構悩んでいる。

話してみれば案外、ヒントが見つかるか？

「……じゃあ話すけど」

「うんうん」

そして俺は真昼との性生活に関する悩みを打ち明けた。下世話な雰囲気にならないように茶化すことなく、真面目に。最近妻から疑似風俗プレイを求められているということと、その中で俺は彼女にどのレベルのリクエストをすべきなのか考えあぐねているということ。

質問を挟むタイミングなく淡々と俺が話し続け、ひとしきり説明を終えると、すべて聞ききった大隈は驚いていた。半端に開いた口をムズつかせ、目は関心を隠さず爛々と光っている。

「国崎お前っ……マジかよ。それ話盛ってない……？」

「盛ってない」

「嫁と風俗ごっこって……なんだよそれ～！　想像したらめっちゃ燃えるわ‼」

「想像はするな」

「無茶な！　しかもお前の嫁じゃねぇよ、相手はうちの嫁ですぅ～！」

「騒がないでくれ」

遅めの休憩だったので屋上に他に人の姿は見えないが、こんなこと誰かに聞かれでもしたら困る。〝国崎マネージャーは嫁と風俗ごっこしてるらしい〟とか囁かれるのはヤバい。

大隈に打ち明けたのは、同期として曲がりなりにも信頼しているからだ。ノリは軽いし、奥さんがいるのに風俗に行くようなどうしようもないクズだけど、男同士の秘密だけは守ってくれるし、相談には真面目に乗ってくれる。

実際大隈が騒いだのは最初だけで、後は顎に指を添え〝うーん……〟と考え始めた。

「別にそんな悩まなくてもさー……好きなことやってもらえばいいいんじゃん？　何をリクエストすべきとかない気がするけど」

「だからって何でもいいことはないだろ。相手が嫌がることをうっかりやってしまったらと思うと——」

「〝うっかり〟って国崎、何したん？」

「……別に何も」

「大隈クンにだけこっそり言ってみ？　何したん」

「…………顔にかけた」

「……わ〜。お前意外とえげつないことすんな〜」

そうか、やっぱりあれはえげつないのか……。後になって薄々〝あれはアブノーマルだったのでは〟という気はしていたが、やっぱり……とすると真昼も無理をしていたのかな。

やってしまったものはもう仕方がない。今後はああいう間違いを犯さないように気を付けよう。ただそうなると、今度こそ本当に何をリクエストすればいいのかわからなくなる。真昼はきっと次も「何してほしい？」と訊いてくるだろうし。

俺はその答えを大隈に求めることにした。

「もし真昼が、風俗のようなやりとりを気に入ってるとして……風俗っていうのは、何をするのが正解なんだろう」

「風俗の正解ねぇ……。一口に〝風俗〟つったっていろいろあるからなぁ。おっぱいに特化した店もあればこっちの乳首を舐めてもらうの専門の店もあるし、キス専門を謳ってる店もある。もちろん、もっとどギツい性癖に対応した店もあるし……まあ……真昼ちゃんもそこまでマニアックなのを想定してるわけじゃないだろうから——」

そう言いながら大隈はズボンの尻ポケットからスマホを取り出し、しばらく操作していた。そして「ほれ」と俺に手渡してくる。俺はスマホを受け取り、画面を覗き込む。

そこに表示されていたのはとある風俗店の基本プレイ一覧だった。ただ、早速書かれている単語の意味がわからず、大隈に助けを求める。

「……Dキスとは？」

「ディープキス」

「即尺って？」

「シャワー前にフェラしてもらうこと。お前まじで何も知らないんだな……」

呆れた目を向けられたが、常識みたいに言わないでほしい。こんなのサービスを利用しない限り知りようがないだろう。

ただ、今後も真昼との疑似風俗プレイが控えているであろう俺にはとても有用な情報だった。こちらがあまりに無知だと真昼の求める〝本物っぽさ〟は出せないかもしれない。せっかくやるのであれば、真昼にはしっかり満足してほしいし……。

何か取り入れられそうなプレイはないかと食い入るようにスマホの画面を見つめていると、大隈がひょいとスマホを奪い返していく。

「なーんか、こういうことではない気もするな」

「というと？」

「真昼ちゃんはほんとに風俗の真似事がしたいのか？」

「え」

そのはずだけど。真昼が最初にヌくことに対価を要求してきたのが事の発端だし、その後デリヘルごっこをしたいと言ってきたのも真昼だ。

しかし大隈は、風俗ごっこは推奨しないというスタンスで、代わりにこんなことを言ってきた。

「事前によく練られた流れってのも味気ないし！　出たとこ勝負で、真昼ちゃんを前にしたときに自分が〝やってみたい〟と思ったことをお願いすれば？」

「だから、それだと相手の嫌がることまでやってしまう可能性が……」

「そこはしっかり合意を取るんだよ。嫌なことは嫌って言いやすい雰囲気をちゃんとつくってやればさ。本当はどう思ってるかくらい本気出せばわかんだろ、夫婦なんだから」

「……それは、そうかもしれない」

〝本気出せばわかる〟という指摘がグサリと刺さる。確かにそうかもしれない。もっと突き詰めて、真昼にどう思ったか真剣に訊いてみればよかったのかもしれない。そうすれば、〝どのレベルのことを提案すれば……〟なんて悩む必要もなかった。

真昼はちょっと嫌だと思っていることでも、平気で笑って呑み込んでしまうところがある。苦手なことでも自分に鞭打ってトライしてしまう。そんな彼女には、俺から訊かなければ本音などずっとわからないままだ。俺はそれを怠ったような気がした。

俺を諭した大隈は大隈で、「あー！　超ブーメラン！」と自分もダメージを負っている始末。俺たちは揃いも揃ってダメな夫だ。

「結局〝会話が一番大事〟って結論になるよなぁ～。あー忍《しのぶ》ちゃん抱きてぇー……」

大隈の奥さんは〝忍ちゃん〟という。ここで「デリヘル呼ぼっかな」ではなくて奥さんの名前が素直に出てきているあたり、大隈も相当参っている。この会話はお客様にはとても聞かせられないが、ホテルマンも人間なのだ。

「俺も真昼を抱きたいよ」

「は？　一緒にすんな」

　お前はヤり放題のくせに」

　昼休憩はそのまま大隈と屋上で過ごし、時間になるとお互い何食わぬ顔で自分の持ち場に戻っていった。大隈は総支配人の部屋へ。俺はフロントへ。

——次に真昼から「何したい？」と訊かれたら、彼女と話し合うところから始めよう。

そう心に決めて、頭を仕事に切り替えた。

俺が帰宅すると、今日の真昼は通常運転だった。

玄関でいきなり三つ指を突いてお出迎えされることもなく（つまりデリヘル嬢になりきってはおらず）、平常時のように廊下の突き当たりにある部屋から〝ひょこっ〟と顔を出していた。

風呂はまだらしい。今は緩めの部屋着を着ているが、今日は出かける日だったのか、ほんのり化粧をしている。いつにも増してパッチリしている目が可愛い。

「お帰りなさい！」

「ん？　ああ……ただいま」

あれ？　ハグがない。いつも〝いい!?　いい!?〟と目で尋ねてきて、俺が合意するなり飛びついてくるのに。なんだか今日は大人しいな。

（汗かいてるから有難いけど……）

いつもされるがままでいたが、汗臭いに違いない体を嗅がれるのには抵抗があった。今日はそれもなく、仕事部屋から出てきた真昼は「今日はね～唐揚げにしたんだ！　衣に揚げ玉付いてるやつ」と機嫌よく説明しながら、俺と一緒にリビングへ向かう。

なんだか、すごく普通だ。普通というより……ちょっと緊張してる？

（一体何に？）

歩く姿も、ご飯をよそってくれる動作すらどこかぎこちない。体に力が入っているというか、笑顔がカタいというか。

気のせいじゃないよなと思って食事の最中「どうかした？」と尋ねてみたが、力いっぱい「なんでもないよ！」と返された。

「唐揚げ美味しい？」

「うん、めちゃくちゃ美味しい」

「倫太郎はほんとこれ好きだよね」

真昼が作ってくれるものは大抵なんでも美味しいけれど、この唐揚げは特に好きだった。カリッと揚げられた皮の外側にまぶされた揚げ玉の食感が楽しく、中は醤油と生姜の味がしっかりと利いたジューシーな鶏もも肉。冗談抜きで何個でも食べられそうだと思う。

ただ不思議なのは、俺は別にこれが特別好きだと真昼に言ってないにもかかわらず、彼女がこれを俺の好物だと知っていることだ。俺は作ってもらった料理には最低三回「美味しい」と言おうと心掛けている。どれにも等しく「美味しい」と言っているのに、なぜこれが好物だとわかる？

「これ食べてるときだけはほんとに無言になるもんね。黙々とパクパク食べていくからほんとに好きなんだな～って」

「よく見てるな……」

「見てるよ。倫太郎がご飯食べてるとこ好きなんだー」

頬杖を突きながらそう言って、くしゃっと笑う。

それだけで簡単に撃ち抜かれる。

（……抱きたい）

〝食事の最中にムラムラするなよ〟と自分に思うが、今のは仕方ない気もする。可愛かった。ナチュラルにときめいた。

誘ってみようかどうしようか。食事中だし後のほうがいいか。だけど今なら「今晩セックスしよう」とサラッと言えそうな気がして。

一度箸を置き、コップに注がれているお茶を飲んだ。ひと息つく。

そして誘おうと意を決して、「今晩……」と口を開いたら。

「倫太郎。あのさ」

「え」

「ご飯食べ終わったら、今晩もいい？」

「……何を？」

「風俗ごっこ」

また先を越されてしまった。

真昼はやっぱりどこか緊張した面持ちで俺の答えを待っていた。いつものハイテンションなお誘いとは少し違う。一体何をもってそんなに緊張しているのかは知らないが、今夜は勇気を振り絞って誘ってくれているのだと、顔を見ればわかる。

そんな誘いを無下にするはずがないし、そもそも俺も真昼を抱きたいと思っていたので。

「うん。しよっか」

「ほんと!? よかった～」

真昼はホッと緊張を緩めてふにゃっと笑った。

あー可愛い。いつも可愛いけど今日は特に可愛い。なんだろうギャップ萌え？ 普段は真昼のテンションに押され負けてしまうから、緊張してたり恥じらってたりする顔にグッとくるんだろうか。

揚げ玉の唐揚げは美味いし、嫁は可愛いし、最高だ。これは今夜こそ真昼とよく話をして、楽しいセックスをしよう。

心に決めて、俺から言い出せなかった代わりに風呂に誘ってみる。

「それならこの後、一緒に風呂入ろうか」

「え？　ううん、それは一人で入って」

あっさり断られた。解せない。


夕食を終えると早々に風呂に押し込まれた。「私が洗い物してる間に入って！」と言って本当に一緒に入ってくれず、代わりに入浴に関してアレコレ注文をつけられた。

(やっぱり何かおかしいな)

真昼の挙動を不思議に思いつつ、ボディタオルで腕を洗う。いつもより念入りに何往復もゴシゴシやっているのは、真昼からそうするよう指示があったからだ。全身を隈なく綺麗にしてくるよう強めに言われたので、入浴にいつもより時間がかかっている。

今までどこか洗い足りていない箇所があったんだろうか。俺を風呂に送りだすとき、彼女は「ピッカピカにね！」「頭の天辺から足の爪先まで！」「お尻のシワ一本一本の間まで！」などと言っていた。洗えていないところがあったなら恥ずかしい……。

今夜風俗ごっこをすることだけは決まっているが、具体的なプレイ内容は何も決めていなかった。大隈に見せてもらった実際の風俗のメニュー表から、〝これなら俺たちにもできるのでは〟というものをいくつかピックアップしている。でもそれを実際にやるかどうかは、真昼ときちんと話し合って、彼女の本音を確認した上で決める。

とりあえずは何をすることになっても大丈夫なように、ボディタオルで体中をピカピカに磨きあげた。

風呂からあがって脱衣所に出ると、自分で用意しておいたはずのパジャマが消えていた。

「あれ……？」

バスマットのすぐ傍の床にいつも置いているのに……。

なくなったのはパジャマだけで、下着はそこに残されていた。そしてパジャマはないが、代わりに、見覚えのないダークグレーの、タオル地のガウンが用意されている。

「……これを着ろってことか？」

今夜のプレイはもう始まっているらしい。見覚えのない、つまりは今夜のために真昼が購入したのであろうガウンに腕を通し、落ち着かない気持ちで脱衣所を出る。

真昼が入れ替わりで風呂に入っていき、俺は寝室で待っておくよう言われた。なんだかよくわからないが、真昼には真昼の段取りがあるようなので指示に従う。俺は言われた通り寝室で待つことにした。

時間があるなら代わりに家事のひとつでもやっておこうかと思ったが、〝でも寝室にいろって言われたしな〟と思い直してその場に留まる。ガウン姿でベッドの上に寝っ転がり、真昼が装丁を担当した書籍が取り上げられている雑誌を眺め、彼女を待った。

どれくらい時間が経っただろうか。雑誌の中の興味のある記事はだいたい読み尽くし、少しうとうとし始めていた頃。ふと、寝室の外に気配を感じ、そちらを向くと同時に部屋の電気を落とされた。

「あ……え？」

突然の暗闇。ドアの隙間から漏れる廊下からの光で真昼の姿が逆光になる。真昼はまっすぐこちらに歩いてきて、ブックライトではなく、普段あまり使わないベッドサイドのランプを点灯した。見慣れないムーディな明かり。

「……真昼？」

ベッドの周辺だけを柔く照らす、そこはかとなく淫靡な光に照らされて、暗闇に浮かび上がる彼女の姿。真昼も俺と同じガウンを羽織っていた。ただ、腰紐はきちんと締められておらず、前合わせの部分がたわんで素肌と下着が見えている。

真昼は俺が見たことのないような、卑猥なインディゴブルーのランジェリーを身に纏っていた。

「こんばんは」

色っぽく笑って挨拶してくる。彼女はもう風俗嬢の真昼ちゃんになりきっているらしい。ここで俺が笑ったら〝雰囲気が壊れる〟と怒られるだろうか。実際は、彼女の雰囲気に少し呑まれてしまって、笑い飛ばすこともできないでいた。

「……こんばんは」

「今日のプレイのことで相談なんですけど……」

他人行儀な話し方で、まるで知らない女のように、真昼は声を抑えて静かに囁いてきた。

俺は彼女と何度か挑戦してきた風俗プレイの中で、一番緊張していた。

（呑まれてる場合か……）

今夜はきちんとしなければ。彼女に「何したい？」と訊かれたら、「これをしたいと思うんだけど、どう思う？」と会話をするんだ。そうやって、真昼が本当にやりたいことを見極めるんだ。

――しかし結果として、俺のその心構えは空振りで終わる。てっきり今回も真昼から「何したい？」と訊かれるものだと思っていたのだが……。いやらしいランジェリーをちらつかせた彼女がベッドの俺ににじり寄りながら言ったのは、また別の言葉だった。

「今日は私の好きにさせてくれます？」

「……え？」

「一万円ぽっきりのお任せプラン」

「……そ、そんなのあるのか……？」

少なくとも大隈に見せてもらった本物の風俗のメニュー表にはそんなの書いてなかった。

いや、実際にあるかどうかなんてどうだっていいんだけど。

それよりも、予想とは違う流れになったことのほうが問題だった。さすが真昼と言うべきか、ワンパターンなことはしない。変化球を投げてくる。彼女の性格を知っていれば事前に読めそうなことなのに、俺は風俗プレイへの対策に意識を寄せすぎていたあまり、真昼の出方を見誤った。

さてどうする。

（真昼の好きなように……）

それなら、知らず知らずのうちに彼女が本心で嫌だと思っていることを強要する事態は避けられる。すべて真昼が〝これならやってもいい〟〝やってみたい〟と思うことをしてくれるわけだから、俺が〝本音ではどうだ〟などと気にする必要もない。何も問題はない気がする。……気がする、けど。

「ちなみに……どんなことをする気なんだ？」

「先に知ったら楽しみがなくなっちゃうでしょう？〝私の好きに〟ですよ。やることも順番も私に任せて」

「いや……でも」

なんだか少し、嫌な予感がしていた。よっぽど変わったプレイでなければ、真昼はこうやって口を濁したりしないで教えてくれるような気がする。

どうする？　やめておいたほうがよくないか？　なんとなく。

でも〝なんとなく〟で真昼の提案を突っぱねるのも……。

「任せて」

「っ……」

俺の両肩を摑んで顔を寄せてきた真昼が、耳元でボソッと囁いた。ボディソープの清潔な香りと、更に弛んだガウンから見える豊満なカラダのコントラストにクラクラする。いつも軽快な笑い声をたてる愛らしい唇が、今はぽってりと艶めいていて悩ましい。とても「それじゃないやつがいい」と言える雰囲気ではなかった。俺はうんともすんとも言えぬまま、沈黙を承諾と捉えられ、そのままベッドに押し倒された。

薄ぼんやりとした照明だけが灯る寝室に、〝ちゅっ……ちゅぱっ〟と水分を多く含んだ音が小さく反響する。それらは俺の口が発しているものではなく、すべて真昼の口を出所とするリップ音。

俺はベッドの上で、ガウンをはだけさせられた状態で仰向けになっていた。真昼はというと羽織っていたガウンは早々にベッドの下に落とし、いやらしい下着姿で俺の体に覆いかぶさっていた。

「っ……なあ……真昼……？」

「ん……なぁに？」

「これじゃあ、俺がしてもらってるだけで……」

「そうだよ。これはそういうプレイだもの」

これをなんと呼ぶのかは知っていた。大隈が見せてくれた風俗メニューの用語説明にも書いてあった。〝全身リップ〟というやつだ。

首筋から耳の裏、肩から腕、鳩尾、脇の下まで、どこも欠かすことなく丁寧に、彼女の舌と唇が這っていく。ちろちろ舐めてくる舌のこそばゆさと、〝そんなところまで!?〟という驚きに襲われる。

セックスの流れで体の一部にキスされたり舐められたりしたことはあるが、こんな風に一方的に丹念に舐められ続けるのは初めてだった。落ち着かないというか、手持ち無沙汰というか。

確かにこれは、全身を風呂で綺麗に洗った後でなければとてもできない。だからあんなに〝綺麗に洗ってきて〟と念押しされたのか……。

ほとんど無言で俺の肌に吸い付いていた真昼は、不意にこんなことを言ってきた。

「ん……倫太郎って、ほんとに綺麗な肌してるよね」

「っ……何言って……」

真昼のほうが綺麗に決まっている。透き通る白い肌はいつだって潤っていて気持ちがいい。それは彼女が美容に気を遣って努力して維持している結果だと知っているから、なおさら美しく見えて、愛おしい。

俺だって彼女の肌にキスしたり舐めたりしたいのに、それをしようとすると「私に任せてって言ったでしょ」と制された。

「何も考えなくていいから、気持ちよくなっててよ」

「ん……」

少し前ならこんなことは考えられなかった。俺はそもそも真昼からしてもらうのが苦手で。いつだって俺が真昼を気持ちよくしてやりたかったし、される側にまわるのは、申し訳ないし手持ち無沙汰だしで苦手だった。

今こうしていても落ち着かないけれど、それでも真昼に身を委ねていられる。これは大きな変化だと思う。良いか悪いかは別として。

「指先からも力抜いて。ベッドに体重預けて、地面にうずもれるみたいに……」

耳に心地いい真昼の声がそう囁くので、体が自然と彼女の言うことを聞いていた。緊張して強張っていた指からふっと力を抜き、楽な姿勢で体の横に置いてある手のひらを天井に向ける。

頭の中を真っ白にして、真昼に触れられている箇所だけに集中してみた。

（あー……これ……）

結構気持ちいいかもしれない。

俺の体の上を移動するときに触れる真昼の肌の感触、温度。全身を隈なく探ってくる柔らかい唇。特段強い刺激があるわけではないのだが、癒される。

たまに、何も考えずにリラックスしていると勃起してしまうことがある。副交感神経の働きによって血流が増えるからだと聞いたことがあるが、今はまさしくソレだ。股間のあたりで緩く起立していくのを感じた。

「腰上げて」

心地いい声に誘導されて俺は言いなりに。信じられないほどあっさりボクサーパンツを脱がされてしまった。

こんな油断しきった姿を晒して恥ずかしい。でも相手は真昼だから、いいか？

「……ふふっ」

「ん……？」

笑い声が聞こえた気がして、いつの間にか閉じてしまっていた目を薄っすらと開く。真昼は機嫌よく微笑みながら俺の腹筋のあたりに軽いキスを落としていた。

「なに……？」

「倫太郎、ちょっと寝そうになってない？」

「あー……大丈夫だ。ちゃんと、起きてる……」

寝てはいないが、気を抜くと本当に眠ってしまいそうなほど心地がいい。

寝落ちなんてダメだ。ついこの間、真昼にフェラチオされて自分だけ射精して眠ってしまって大後悔したところじゃないか。今眠ってしまったらそれと何も変わらない。

「今日はまだ眠らないでね」

「寝ない。平気だって」

「そう？　……じゃあ、眠くならないようにもうちょっと頑張っちゃおうかな～」

「だから寝ないって……ぁっ……」

真昼の舌の動きが大胆に、執拗になる。腹のあたりにあった唇が下肢へと下り、股間に近い太腿部分へ。内側の神経や血管が多く集まる部分に〝ちゅうっ！〟と強く吸い付かれると、出したくもないのに勝手に呻き声が漏れる。

「んぁっ……」

少し痛いほど太腿を手で揉まれ、唇は際どい鼠径部を攻めてくる。感じすぎないようにしようと奥歯を噛みしめていると、「声我慢しないで」と優しく注意される。

待て。それは男側のセリフじゃないのか？

「ただ感じてて。私の触れるところにだけ、意識を向けて……」

敏感な鼠径部を真昼の顔がずっと行ったり来たりしていたので、意識は元からそこにあった。全身の力を抜いて感覚を研ぎ澄まし、触覚だけでなく聴覚も働かせる。すると、真昼が俺の肌にキスするときのリップ音や、唾液の水っぽい音、息遣い、時折漏れる鼻にかかった色っぽい声が聞こえてきて、興奮を誘う。

寛ぎによって勃起していたペニスが、今度は性的興奮によって硬くなっていった。

「っ……真昼っ……」

「ん？　どうかした？」

真昼には見えているはずだ。俺のモノが激しく勃起し、ぶるぶると揺れている様が。しかし彼女の唇が鼠径部より内側に来ることはなく、欲しい刺激はいつまでも与えられない。あの夜と同じだ。さんざん焦らされ、真昼に五千円払って口でしてもらったときと同じ。

「は……んんっ……」

彼女はもしかしたら、また今回も俺から「舐めて」と懇願するのを待っているのかもしれない。

でも、違うだろ。そうじゃなかっただろ。本当は今晩、真昼のしたいこと、やりたくないことを丁寧に確認してから事に臨むはずだった。

（ちゃんと話し合って……）

既に何回かしてもらってるからといって、真昼がそれを好きだとは限らない。ちょっと無理してやってくれたのかもしれない。そして今も、「口でしてほしい」と俺が頼めば、多少抵抗があっても真昼は叶えようとしてくれるだろう。

やっぱり、軽率に「してほしい」なんて言うべきじゃない。

それならどんな言葉で本音を確認すればいい？

「……真昼」

「うん。だから、なぁに？」

「舐めたくないところは、無理して舐めなくていいから」

「……うん？」

不思議そうな顔をして、真昼が舌の動きを止める。〝なんでそんなこと言い出したの？〟って顔だ。でも言いたいのはそういうことだった。真昼に触れられるのは気持ちいいが、無理してまでやってほしいとは思わない。言葉の意味はそれ以上でも以下でもない。

「……遠まわしに〝咥えて〟って言ってる？」

「違う。言葉そのままの意味で。無理はしないでほしい」

「舐めたくないところ……」

つぶやいて口と手を止めると、真昼は考え始めた。

そんなじっくり考えずに、ちょっとでも嫌だと思ったら避けてくれると有難いんだが。逆にそんなに考え込んで、一体どこを思い浮かべているのか。

真昼はパッと思案をやめたと思うと、俺の太腿の上に頬をぺったりとくっつけ、こっちを見上げて言ってきた。

「私ね。倫太郎の体のパーツの中だと、手が結構好き」

「そ、そうなのか」

「うん。男の人なのにすらっと綺麗で、でも大きくて。なんでも物を丁寧に扱うこの手が好き」

「へぇ……」

なぜ急に褒めだしたんだろう。舐めたくないところを考えていたんじゃなかったのか？　不意打ちで褒められて、しかもその指先にチュッとキスまでしてくるものだから、たまらなく恥ずかしくなる。

「それから……ちょっと背中向けてみて」

言われた通り、軽く寝返りを打って仰向けから横向きになる。真昼はすぐ俺の背中側に移動し、肩甲骨のあたりに唇を落としてきた。

「いつも姿勢のいい背中も好き。程よく筋肉がついてて、シャツだけの姿になったときに男らしいなぁって思う。大好き」

「……ありがとう」

真昼の褒め殺しは止まらなかった。手から始まって背中、首筋、喉ぼとけ、いつもセクハラ親父のように撫でまわしてくる腰回りのことも、今日は真面目に好きだと言われた。好きだと言われ、その場所に丁寧にキスを落とされて。

くすぐったい言葉とキスに死ぬほど恥ずかしい思いをした。俺は胸がいっぱいになっていて、苦しくて、ただ寝転がっているだけで何も言えなくなる。なんなんだよ。うちの嫁はスパダリか？　めちゃくちゃ好き……。

最後に「まっすぐ伸びた脚が好き」と言って膝小僧にキスをすると、真昼も満足したのか体を起こし、一度〝う～ん！〟と伸びをした。ずっと屈んでいたから首が疲れたのだろう。彼女はひと息ついて、それから俺に笑いかけた。

「いろいろ挙げたけど、結局嫌いなところなんてないなぁって」

「それは言い過ぎだろ。嫌いなところがひとつもないなんて……」

「ほんとだってば。……証明してあげよっか」

「は……？」

「そのまま仰向けに寝転がって」

「何を……」

「いいから」

ここまでで体中にキスされて喜んでいた手前、なんとなく言うことを聞かざるを得なかった。俺は真昼が何をする気でいるのか読めないまま、言われた通りに仰向けになる。

ここまでの全身リップでガウンは完全に脱がされて、全裸なので心もとない。しかし、女性のように恥じらって体を隠すのも男らしくないか……？

俺は緊張で体を強張らせながら、普段眠るときのように自然に仰向けになった。

「じゃあお客さん……暴れないでね」

「は？」

暴れるって、なんで？　――と不思議に思ったのも束の間、俺の足側に移動した真昼は膝裏に手を入れてきて、〝ガバッ！〟と俺の脚を左右に開かせた。

「えっ……!?」

「はい腹筋使って～。しばらく脚を浮かせてそのポーズ維持でお願いしま～す」

「いや、ちょっ……」

ストレッチでもしない限り、こんなポーズをとることはない。引っくり返った状態で脚を開く。しかも素っ裸なので、かなり、情けない絵ヅラになる。

一方の真昼はというと俺の膝裏から手を放し、どこから取り出したのかローションを自分の手のひらにとろりと垂らしていた。その姿を目の当たりにし、嫌な予感が加速する。

「真昼っ……まさかっ！」

「おとなしく、おとなしくだよ～」

彼女は俺を風呂に送りだすとき、尻のシワ一本一本の間まで綺麗にしてくるよう言っていた。俺はその言葉を〝それくらいの意識で全身綺麗にしてこい〟という意味だと思っていたのだが。

「ひッ……！」

とろりとした冷たい液体が尻にかかり、悲鳴もどきの声が出る。

真昼はあろうことか、手にしたローションを指で俺の尻穴に塗り込み始めた。

「まっ……待て！　さすがにそれはっ……」

「私に任せてくれるんでしょ？」

「そうは言ったけどっ……」

こんなのは聞いてない。

戸惑いと未知への恐怖から、なんとか真昼には思いとどまってもらおうと思ったのだが、困ったことに彼女はこれまでで一番楽しそうな顔をしていた。

「お尻はね。やらないだけで、ココが気持ちいいって男の人多いんだって」

「誰情報だよっ……」

「倫太郎はどうなのかなぁって私、気になっちゃって」

「うッ……ぐぅっ……」

疑問は軽やかにスルーされて、真昼の人差し指の腹が〝ピタッ、ピタッ〟と俺の穴に押し付けられては離れていく。たったそれだけで、経験のない感覚に変な声が出る。

「うぁッ……あぁっ……」

「もっと力抜ける？」

「だっ……ダメだ、まひっ……あぐッ!?」

外側へのソフトタッチが、突然、ぐぽぐぽと音をたてて入口へ。それと同時に真昼は屈み、陰茎の根元部分にある陰嚢に舌を這わせてきたので、俺はもう何がなんだかわからなくなった。

「まひっ……真昼ッ……！　それはっ……おぉッ……」

「ん……倫太郎、玉のところ舐められるの好き？　ずっとピクピクしてる……」

(どこでそんな言い回しっ……)

好きも何も、こんなことはされたことがないからわからない。〝玉のところ〟なんて表現も、今までしたことなかったじゃないか。急にどうしたんだ。

ただ真昼の言う通り、俺の体は反応していた。陰茎そのものには指一本触れられていないのにだ。さっき触ってもらわなかったせいもあるかもしれない。睾丸の裏側を唾液たっぷりの舌で優しく包まれ、唇でもごもごされると、腰が抜けそうなほどの快感が下半身を襲った。

それはもう、「尻を触るのはやめてくれ」という言葉をまともに発音できないほど。

「っく……ふッ……んぉっ……」

「パンパンになってるね～。今いっぱい精子つくってるところなのかな……お尻もほぐれてきたかも？」

「うぉ……！」

好奇心に満ちた明るい声色で、真昼が言葉攻めをしてくる。

尻をいじる指はいつの間にか深さを増し、陰嚢を舐めていた口は睾丸をぱくっと咥えて口の中でちゅうちゅうと吸ってくる。そうされると俺の下半身はガクガクと震えてもう自制が利かず、真昼の為すがままになる。

「まひるっ……！　待っ……あぁッ！」

「イきそう？　……倫太郎、お尻を触られながらイっちゃうんだ～……」

「っ……！」

――そんな屈辱的なことには耐えられない。

深く息を吐いて体の熱を外に逃がし、この場を耐え忍ぼうとした。しかし真昼は俺を攻める手も口も緩めず、指を大胆に動かしながら、勃起して反り返る俺の裏筋を〝れろっ……〟と舐め上げる。

「はッ……あッ……ああああぁッ!!」

口が刺激してくる対象が突然、睾丸からペニスへと切り替わったその瞬間。俺はせり上がる射精欲に耐え切れず〝どぷっ……！〟と白濁を吐き出した。

自分の腹に飛散する生温かな体液。下半身を支配していたムズつきと行き場のない快感から一気に解放され、急激な疲労感に襲われる。ドサッとベッドの上に四肢を放り出す。

「はァッ、はァッ……はァーッ………」

ずっと昂り続けていた頭の中の熱が凪のようにスーッと引いていき、静かな気持ちが訪れた。

（信じられない……なんなんだこれは）

絶対に触られたくない場所を触られたはずなのに。不快でしかないはずなのに。

真昼に尻穴をいじられ、同時に陰嚢も攻められて、頭の中が真っ白になるほど気持ちよくなってしまった。吐き出した精液の量も尋常じゃない。彼女は一体俺に何をした？

ちらっと様子を確認すると、真昼は体を起こし、口の周りに少し浴びてしまったらしい俺の精液をぺろりと舐め取っていた。

「いっぱい出たね」

「っ……」

恍惚とした笑みを向けられながら腹の上の精液をティッシュで拭かれ、射精したばかりのペニスがヒクつく。

俺は真昼の目から逃れるように仰向けの状態からうつ伏せに転がった。

「ん……？　どうしたの、倫太郎」

「どうしたのじゃない……」

もう今更だということは重々承知しているが、感じまくってしまった自分がひどく恥ずかしい。男のくせにあんなに情けない声をあげて、あんなに情けないポーズをとって。

真昼は夫のあれほどの痴態を見て、幻滅しなかったのだろうか。

「倫太郎……」

「ん……」

真昼は俺の背中に張り付き、二の腕から肩にかけて〝つつ……〟と指先でなぞりあげてきた。優しいフェザータッチ。羽で触れるかのように柔らかくそっと相手に触れると、オキシトシンが分泌されて幸せな気持ちになるのだそうだ。

(これは……なかなか気持ちいい)

ここまでずっと真昼に触ってもらいっぱなしだ。俺ばかりが喘ぎ、呻き、身悶えしている。そんなの楽しいか？

彼女に優しく触れられているうちにアソコがむくむくと元気を取り戻してきたので、あと少しだけ休息をしたら、今度こそ俺が攻め手側になろう。——そう思っていたら、真後ろにいる真昼がコソッと囁いてきた。

「倫太郎、もう少しだけ頑張れる？」

「ああ……」

体力のことなら問題はない。さっきの行為で悶絶してかなり消耗はしていたが、まだ射精も一回だし、真昼を満足させるくらいには頑張れる。

「じゃあ、四つん這いになってもらってもいい？」

「………ん？」

四つん這いになってと指示されたのが俺で、指示したのが真昼だった。

嫌な予感、再び。恐る恐る後ろを振り向くと、真昼が無邪気な顔で〝早く早く！〟と待っている。

「……俺が四つん這いになるのか？」

「そう言ってるでしょ！　ほら！」

嫌だ。無理だ。

全力でそういう顔をしてみたが、真昼は一向に譲らない。

「大好きだよ、倫太郎。私に全部見せて」

「えー……」

さっき嬉しさで俺の胸をいっぱいにした言葉が、まさかこんなアブノーマルプレイの伏線だったとは。誰が予想しただろうか。

「……真昼。尻はやめておこう。な？」

「気持ちよくない？」

「うん、あんまり……」

「でも倫太郎、すごく声出てたよね？」

「あれは」

「私、もうちょっとしたいな」

……本気で言っているのか？

尻なんて普通舐めたくないだろう。けれど今、彼女は俺が頼んだわけでもないのに自発的に〝したい〟と言っている。「無理してないか」と目を見て再三問い詰めたが、「してない！」と元気よく返され、その目に嘘は見えなかった。

これはどうしたものか。真昼のしたいことを知りたいとは思っていたが、こんなことってあるか？　尻は完全に想定外だ。

「お願い、倫太郎。……どうしてもダメ？」

「ん……と……」

妻がこんなに可愛い顔でお願いしているのだから、できるものなら叶えてやりたい。しかし尻……。さっき仰向けでちょっといじられただけでも大変なことになったのに、今度は四つん這いだって？　とんでもない。

「倫太郎……」

〝やっぱりダメ？〟とつぶらな瞳が不安そうに訴えてくる。なぜか真昼のほうが恥ずかしそうに顔を赤らめ始めたのを見て、俺は困った。

そういえば今日、俺が帰宅してからの真昼はいやに緊張してたな。それもこんなプレイを画策していたからなのか？　あのタイミングで既に俺の尻は狙われていたのか……。

思いがけない事実に眩暈を覚えるが、とにかく目の前の彼女に答えを出さなければ。あんなに緊張して、今も恥ずかしい思いを押し隠してまで〝やりたい〟と言ってくる。それを、真昼が心から望んでいるというならば――。

尻をどうこうされることにはやっぱり抵抗があるが、それを彼女が望むなら、受け入れられるくらいの器の大きさは持っていたいと思う。

俺はさんざん苦心して、最終的に蚊の鳴くような声でこう答えた。

「…………加減してくれ」

「わかった！」

明るくなった声に、絶対わかってないなと思ったが、もう、どうにでもしてくれという気持ちだった。

俺はすべてを諦め、のそりと体を起こし、ベッドの上に四つん這いになった。人に対して尻を出すこんなポーズは、幼い頃親に坐薬を入れてもらったとき以来ではないか。

慣れないポーズに尻の筋肉が収縮する。やるならひと思いに――と思った瞬間、尻穴に舌先が触れ、ゾクゾクッ！　と痺れが走った。

「っあ……ぐっ……！」

「倫太郎、腰引いちゃダメ」

真昼はソコに舌を這わせながら手で俺の腰を引き寄せ、尻を突き出させる。少し顔の位置をずらして鼻の頭で穴をつつき、舌で睾丸をちろちろ舐められると、俺は腕に力を入れておくことができなくなって、頭から胸をベッドに沈めることになった。

尻だけが高く持ち上がった、より情けない格好にならざるを得なくなる。

「はッ……うぁっ……ああ、くそッ……！」

「んっ……ふ……気持ちいい？」

「訊くなっ……」

どうしてこんなに気持ちいいんだ。

なぜ俺は妻に尻穴を舐められているんだ。

羞恥と恥辱でシーツを強く握る。そうしていないと叫びだしてしまいそうなほど、今この状況が耐えがたく、逃げ出したい。心と裏腹に体が感じているので、もう本当にどうしようもなかった。

「可愛いねぇ、ヒクヒクしてる。格好いい倫太郎でも、お尻はこんな風になっちゃうんだねぇ……」

「うっ……んぅっ……」

執拗なほどにソコだけをねぶられ続け、尻がバカになりそうだ。

ピチャピチャと鳴る水音も、真昼の喉が鳴る音も、すべてがいやらしかった。頭がずっとクラクラしていて、まるで夢の中にいるみたいだ。嫁に尻を舐められる夢を見るのもどうかと思うけれども。

真昼はどうしてこんなことがしたいんだろう？

「ねぇ……またイきそう？」

問いかけに合わせて舌が入ってくる感覚があり、俺は両手の拳を握りしめた。そうして耐えようとしても我慢しきれない低い呻き声が「うぉ……」と漏れ、尻から広がる快感に〝ぶるるっ！〟と身震いする。またしても俺は尻でイかされようとしているのか。

「……俺はもう、いいから……真昼にっ……」

「んー、ダメ。私は今日はいいの。いらない」

「そんな」

「一万円分、ドロドロになるまで愛してあげるから、任せて」

口振りからして、真昼は本当に最後まで一方的に奉仕するつもりでいるらしい。俺には少しも触らせず、舐めさせもせず、愛させもしないままに。

いやちょっと待ってくれ。それは何か違わないか？

これが真昼の望みなのだとしても、俺だってもっと……。

「あっ……あぁッ……！」

こちらの思考を奪うように、真昼の舌が止めどなく攻めてくる。尻穴を舐める合間に睾丸や蟻の門渡りへの刺激を織り交ぜながら、手では臀部や太腿の前部分を優しく撫で擦ってくる。

「ん……もうイきそう？」

強く吸う音が聞こえたと思うと、脆弱なアソコが舌や吐息の熱と冷たい空気を同時に感じ取って不思議な感覚に襲われる。その直後に〝ズズッ！〟と下品な音をたてて勢いよく吸い上げられ、〝ぶるっ!!〟と一際大きな震えが起きる。

「射るっ……あがッ……イくッ……!!」

「どーぞ」

真昼の手で陰茎をシゴかれて、そのまま一直線に絶頂へと導かれる。睾丸から精子がせり上がってくる感覚に腰を抜かしそうになった直後、俺は呆気なく二度目の射精をした。

「おっ……おぁ……はっ……」

真昼の手のひらに、盛大にぶちまけてしまった。

「二回目なのにいっぱい出たね～」

「真昼っ……もう……」

「もう一回出せる……？」

もう嫌だ。俺からも真昼に触りたい。

そう言いたいのに、〝フーッ〟と息をソコに吹きかけられると何も言えなくなる。

真昼にどう見られるかを気にしていた自意識が、溶けていく。

彼女に心ゆくまで尻を好きなようにされ、俺はシーツを握って情けなく呻きながら耐えることしかできず、ソコが際限なくふやけていくのを感じた。

最終的に頭の中で考えていたことはたったひとつだけ。

（真昼……いくらなんでも詳しすぎないか⁉）


一夜明けて、俺は世界がひっくり返ってしまったかのような衝撃に見舞われていた。

「じゃあ……何もトラブルなければ、今日もいつも通りに帰るから」

「うん、気を付けてね！」

明るい笑顔で送り出してくれる真昼といつものようにいってきますのキスをしようとして、唇を見つめた瞬間、どうしても思い出してしまう。

（この愛らしい唇が、昨日俺の尻を……）

終わってから問答無用で死ぬほど口内洗浄させたし、キスすることに抵抗があるわけではないのだが。昨夜の衝撃が大きすぎて〝あれは実は俺の夢だったんだろうか……〟という気持ちになる。

あっさりとしたキスを終えると、真昼は俺を見上げ、にこっと笑って言った。

「倫太郎ちょっと声枯れてるから、途中でのど飴買っていったほうがいいかも」

「……そうするよ」

現実だった。俺の声が少し枯れ気味なのは、あの後何度も何度も尻まわりを攻められて喘がされたからだ。


チェックインでフロントが混雑するのは午後四時頃から。それまでに定期巡回を済ませるべく、俺は一人で館内を歩き回っていた。掃除の必要な場所がないか目を走らせながら、すれ違うお客様には「いらっしゃいませ」と声をかけ、助けを必要としている姿を見かければすぐにお手伝いをする。

ただ歩き回っているだけのように見えて実は注意力が必要な、大切な業務なのだが。

（未だにケツに違和感が……）

俺は昨夜の行為の名残に悩まされていた。普段絶対に人には触れさせない場所を真昼に蹂躙され、一時的に感覚がおかしくなってしまっているらしい。普通に歩いていても微妙に違和感がある。

一体彼女はどこであんなことを覚えてきたのか。

デリヘルごっこはまだわかる。ネットに出ている実際のメニューを見ればどういうことをするのかはだいたい想像がつくし、本物に忠実でなくとも〝なんちゃって〟でどうにかなる節がある。けれど昨晩のは……。あんなにコアな行為は、ネットの知識だけでどうにかなるものなのか？　彼女がどんな考えであの行為に行き着いたのかも不思議だった。元から風俗に詳しかったわけではないだろうし、なぜ尻を舐めようなどと……。

それこそ真昼本人に訊いて確認すればいいのだろうが、内容が内容だけに蒸し返したくない。「もう一回する？」などと言われても敵わない。

とにかく不思議だった。

そもそも真昼はどうして、あんな過激なことにまで手を出し始めたんだろう。

疑問を頭の隅に浮かべたままホテルの巡回を続けていると、十一階の客室フロアでおろしている清掃スタッフを発見した。

「白井《しらい》さん、どうしましたか」

「あっ、国崎マネージャー……」

客室清掃の白井さんは、普段服飾系の専門学校に通っていてその合間にアルバイトとして入ってくれている。客室清掃のユニフォームである薄いブルーの丸衿シャツにシックなモノクロの腰巻エプロン姿で、困った様子で縮こまっていた。

「もっと胸を張ってください。お客様にも不安が伝染してしまいます」

「あぁっ、申し訳ありません……」

「そう、そのほうがシャンとして見えて格好いいです。それで、何か問題が？」

白井さんは背筋を伸ばし、両手をお腹の前で重ねてきゅっと凜々しい顔になった。

「実は……つい先ほど、ツインのお部屋に男女三人で入っていかれるのを見かけて」

「……あー、それは」

「若い方のグループではなく、三人とも大人の方でした」

「なるほど」

これが、別々に部屋を予約しているグループがひとつの部屋に集まっているだけなのだとすれば、特に問題はない。

しかし考えられる他の可能性として、宿泊中のお客様がホテルの部屋にデリヘルを呼ぶケースがある。ホテルの約款で宿泊者以外の客室への立ち入りは禁止しているので、基本的にデリヘルの利用は宿泊契約に違反したことになり、損害賠償の対象となる。

うちのホテルにはシングルルームが存在しないので、片方が宿泊客ではない男女が部屋に入っていったとしてもパッと見はわからず、デリヘルを呼ばれてもなかなか気付けないのが実情だ。

しかし、今回のように〝ツインの部屋に三人で〟となると話は別である。デリヘル利用がバレるとしたらだいたいこのケースだ。利用客が3Pを望み、部屋の最大宿泊可能人数を超えた人数を部屋に集めてしまうケース。

別に部屋を予約しているただの友人グループの可能性も否めないが、白井さんがこんなに戸惑っているということは怪しい空気を感じ取ったんだろう。女性の勘は当たるので、基本的に信じることにしている。

(そんなに3Pがしたけりゃラブホに行ってくれ……)

頭の中で文句を垂れつつ、白井さんから問題の部屋番号を聞き出した。

「私が対応します。この件は預かるので白井さんは自分の業務に戻ってください」

「すみません国崎マネージャー。ありがとうございます」

「大丈夫。気付いてくれてありがとう」

始まってしまう前に早々に部屋を訪ねるべきか。

とりあえずは念のため、同時に予約された別の部屋がないかを確認してもらって、この後の受付業務を誰かに代わってもらおうとインカムに手をかけた。そのとき、白井さんがまだ何か言いたげにそこにとどまっていることに気が付いた。

「どうしました?」

「あの……ひとつだけ気になってることが」

「なんでしょう」

「私が見かけたのは、女性一人と男性二人のグループだったんです」

「……男性が二人？」

それはまた……変わったケースだな。俺は頭の中で勝手に女二人と男一人の組み合わせを想像していた。男女比が逆とはどういうことだろう。男二人で一人の女を攻めるのか？　男同士が友達なのだろうか。それともデリヘルではなく、もっとヤバい何かが……。

もしかしたら110番案件ではないかと構えていたら、白井さんが更に不思議なことを言う。

「しかも、女性が男性二人を連れているように見えて……」

そう聞いてすぐさまフロントに予約情報の確認をすると、該当する部屋を予約しているのは女性一人だった。そこに他所からやってきた二人の男。

「……あー」

その線があるかとひとつの可能性に思い当たり、俺は110番をせずにそのまま問題の部屋へと向かうことにした。

結果から言うと、俺が最後にした想像は当たっていた。

「まさか女性向けデリヘルだったとはびっくりですね～！」

「こら。大きい声でやめなさい」

「あ、違った。デリヘルじゃなくて性感エステって言うんでしたっけ？」

従業員用の通用口から若いお兄さん二人にお引き取りいただいていたところ、ちょうど退勤しようとしていたブライダル課の浅沼さんと鉢合わせた。俺はそのあと女性の宿泊客と一対一で話をしなければならなかったので、渡りに船だと思い彼女に同席してもらうことにした。安易に二人きりになって「乱暴された！」などと濡れ衣を着せられても困るからだ。

女性の宿泊客には厳重注意の上で処置に納得してもらい、俺たちはフロント裏のバックオフィスに戻ってきたところ。

「性感エステかぁ……そんなものがあるんですね」

宿泊客の女性は三十代で、普段は会社でＯＬをしているというごく普通の人だった。別室で話を聞くと、彼女は女性用風俗の〝性感エステ〟というものを今回利用したそうで、通常一人の男性から性的接触ありのオイルマッサージをしてもらうところ、オプションをつけて施術者を二人にしてもらったのだと。

「相場は知りませんけど、そういう性サービスって値段が高そうですよね。うちに泊まるだけでもなかなかの出費でしょうに……。あの人、普通のＯＬって言ってましたけど、実はどこかのお嬢様なんですかね？　それともボーナスを使って……？」

「勝手な憶測はやめておきましょう」

俺自身、最初に想像し尽くしたので人のことは言えないのだが、やはりホテルマンとしては、どんな事情であってもお客様の秘密を吹聴してはいけないと思う。

浅沼さんもそれには同意してくれたのか、一度息をついてから、話の方向を変えてきた。

「国崎マネージャーが事情聴取してる間は口を挟みませんでしたけど、横で聞いてて〝確かになぁ〟とも思ったんですよね。あのお客様が仰ってた言葉……」

「ああ……」

言われて思い出す。問題の女性は風俗を利用したとバレたのがよほど気まずかったのか、引っ込みがつかない様子でこう訴えていた。

〝男は女を買うのに、女は男を買ってはいけないの？〟

〝女だって非日常を楽しみたいときがあるのよ〟

言われてみれば一理あるかもしれない。風俗を利用することの是非は別にして、男性向けのサービスがあるなら、それと同じ女性向けのサービスが存在するのは普通のことだ。

かも。

デリヘルを疑った段階で真っ先に男側が客だと断定した俺は、思考が凝り固まっていたの

そして〝女だって非日常を楽しみたいときがある〟という主張も。

そうなんだろうなと思う。

「国崎マネージャーの奥さんも、そういうサービスに興味あったりして」

退勤直後に呼び止めたことへの腹いせか、浅沼さんは意地の悪い笑みを浮かべて俺にそう言ってきた。普通に不愉快だったので「浅沼さん」と低い声で名前を呼んでたしなめると、彼女は肩を竦めた。

「冗談です！　ほんと、奥さんのこといじられると一気に顔が変わりますよね」

「大事な人について勝手なことを言われたら誰だって怒るでしょう」

「でも〝自分の妻に限ってそんなことはない〟ってまあまあ幻想じゃないですか？」

「幻想じゃない。うちの妻はそういうものに興味ありません」

――どうだろう？

口ではきっぱり言い切っておいて、心の中では疑問で首を傾げていた。

〝興味がない〟とは言い切れないのではないか。性的なものに限らず、全方位に関心のアンテナを張り巡らせている真昼のことだ。風俗プレイを思いついたくらいだから、女性用風俗に目が向くのはむしろ自然なことじゃないか？

自分の想像を打ち消すために俺の口はよく回った。

「第一、そんな出費があればすぐわかりますよ。うちは口座も互いに共有してるし、不自然な金銭の動きがあったら〝おかしいな〟ってすぐ……」

——いや。待てよ？

今日まで俺が真昼に支払ってきた風俗プレイの対価を考えれば。それに真昼がほとんど手をつけていないとするならば。その金についていちいち用途なんて確認していない。

（でも……）

そんな事実はないと頭ではわかっているのに息苦しくなる。一歩間違えば、真昼にはそれができてしまう。俺が何か下手を打って彼女に愛想を尽かされるようなことがあれば、それこそ、簡単に……。

「えっ、ちょっと……国崎マネージャー、顔青くありません……？」

「いや……大丈夫」

今まで考えもしなかったことを急に想像してしまい、想像だけで胃がムカムカした。最近過激なプレイに走り始めた真昼が、もし俺に対して〝物足りない〟と感じていたら。非日常的な刺激を欲して、男の論理では浮気にあたらないとされる風俗に走ってしまったら。

さっきの、女性向け風俗を利用していた女性客の声が脳裏に蘇る。

〝女だって非日常を楽しみたいときがあるのよ〟

俺の尻にまで手を出してきたのも、そういう鬱憤が高じて……？

思わず考え込んでしまったところ、普段はレストランにいる文屋がバックオフィスにやってくる。俺より先に浅沼さんが気付いて声をかけた。

「あれ？　文屋さんじゃないですか」

「おー浅沼ちゃん。ちょうどよかった。式の二次会をうちのレストランでやるカップルのことで相談があったんだけど――その格好だともう退勤か。明日にするわ」

「あ、別にいいですよ。メモ出すのでちょっとお待ちを」

そう言ってごそごそと肩掛けバッグから筆記具を取り出す浅沼さん。その間に文屋は傍にある打ち合わせテーブルの椅子にドカッと座り、俺に話しかけてくる。

「そういえば、国崎。昨日レストランに真昼ちゃん来てたぞ」

「え？」

真昼が？　初めて耳にした話に、素っ頓狂な声が出る。

珍しいことに首を傾げたのも束の間、文屋は早口でまくし立てた。

「しっっかも超絶イケメンの男と二人だけで！　誰だよありゃ男優か!?」

「男と？」

二人だけで？　ますます知らない話だ。

真昼は何か言っていなかったか？

必死で記憶を辿るが、そんな話題が出ていたら、俺は絶対覚えているはずだった。

「ちょっと……文屋さん」

「めっちゃ近い距離でひそひそなんか話しててさぁ。オシドリ夫婦もついに浮気の危機かぁ～？　なんつってー！」

（……浮気？）

「文屋さん！　やめてください!!」

「えっ……なんだよ、浅沼ちゃん。冗談じゃん……」

浅沼さんが慌てて文屋の口を塞いだが、時すでに遅し。文屋が話した言葉の断片は棘になって俺の心に刺さった。

俺の顔色の変化を敏感に察知した浅沼さんが「何か事情があったんですよきっと！」と力いっぱいフォローしてくれるので、俺はなんだか自分が情けなくなり、笑ってみせる。

「別に疑ってませんよ」

「で……ですよね」

「妻にだって仕事の付き合いなり何なり、いろいろあるでしょうから。そんなことでいちいち気を揉んでたらキリがない」

「国崎マネージャー、大人！」

「なーんだよもう！　動揺ゼロ！　俺の怒られ損じゃん！」

そう嘆いた文屋は浅沼さんに思いきり腕をどつかれていた。

「浅沼さん、聞き取りへの立ち合いありがとうございます。ブライダル課のほうには私から事情を話しておくので、残業時間はきっちりつけておいてください」

「了解でーす」

「文屋。俺はこの後フロントに出てるから、打ち合わせならこの椅子を使ってくれていい」

「おーサンキュー」

そして俺はその場から立ち上がった。フロントに出る前にバックオフィスの壁に張り付けられた姿見で身だしなみチェックをする。さっと髪を整えると、その下には嚙みつくようにジリジリと睨んでくる目がある。こんなに気の立った顔ではとてもお客様の前に立てない。フーッと深呼吸して眉間のシワを取り除く。

――真昼の明るい性格が好きだ。人との距離の詰め方が上手で、気配りができて、誰からも嫌われない。そこにいるだけで傍にいる人たちの気持ちまで明るくしてしまう彼女のことが、大好きだ。でもそういう彼女の性格が、他の男までも惹きつけてやまないということも、俺は知っている。

（ああ――嫌だ）

激しい衝動は、ときどき愛か欲かわからなくなるんだ。

◇九章　ご指名は私ですか？

『今夜ちょっと出てこられる？』

「え？」

その電話に出たのは夕方四時頃。仕事に一度区切りをつけ、そろそろ夕飯の準備しよっかな〜などと考えていたタイミングで、倫太郎から着信があった。聞けば彼は今日、予定通り定時に仕事をあがれるようで、たまには外で過ごそうと私を誘い出した。

私は急だな〜と思いつつ、ちょっとホッとしていた。ここ最近の倫太郎はどこかぼんやりとして疲れているように見えたので、自分から息抜きをする気になってくれたのなら有難い。

呼び出されたのは、倫太郎が勤める『ハイウインド東京』――ではなく、ハイウインド東京と並ぶグレードの、別の高級ホテルだった。

電話で倫太郎は「たまにはいいだろ」と言うだけで詳しいことは教えてくれず、私は目的不明のまま指定されたホテルまでタクシーで直行。

車に揺られながらスマホのスケジュール帳で確認してみたけれど、今日が何かの記念日というわけでもない。本当にただの息抜きなんだと思う。

(外で美味しいディナーを食べたい気分だったのかな……？)

なんて考えていたところに届いた新着メッセージ。


〝チェックインは済ませたから、1522号室に来て〟


宿泊の手続きまでしているとわかって更に混乱した。

泊まるの？

(なんで急に……)

こうなると考えられるのはもう、競合ホテルの偵察とか、その辺しか考えられなかった。

それって全然息抜きじゃないじゃん！　仕事じゃん！　ワーカーホリックも行き過ぎは心配だよ！

でも、それならなぜ私が呼ばれたのか。一人だけでは女性向けのサービスが確認できないから私が必要だったとか？　そうならそうと言ってくれないと。一泊するなら下着の替えとか、いろいろ必要なのに。

（こんな勝手なの、珍しいな……）

いつもは丁寧すぎるほど私の予定や都合を確認してくれるので、ちょっと〝あれっ？〟と戸惑う。別にいいんだけど、どうしたんだろう……。

不思議に思いながら、事前に知らされた部屋に直行した。


「待ってたよ」

倫太郎は朝家を出ていったときと同じ、ブルーのストライプが入ったワイシャツを着ていた。袖を捲ったラフな格好。その姿自体は特段目新しくはないけれど、彼がこうしてドアを開けて出迎えてくれて、更にはここが高級ホテルの一室だということに、私は少しの非日常を感じて胸がはやる。

客室の中に足を踏み入れ、ビジネスホテルとは違うラグジュアリーで洗練された内装に「うわー！」とテンションが上がってしまった。

「今日ここに泊まるの!?　またなんで急に――」

電話では教えてもらえなかったことも、顔を合わせれば教えてもらえるだろうと思って尋ねようとした。けれど倫太郎のほうへと振り向く途中で背後から抱きすくめられ、びっくりして最後まで言えなかった。……急に何？

〝ひッ！〟と声をあげたきり、私は目をパチクリさせることしかできずに。

「外暑かった？　ちょっと汗かいてる……」

倫太郎は私を抱き寄せながら耳に口づけて囁いてくる。言われた通り、私の肌はここに来るまでの蒸し暑さで少々汗ばんでいる。だから、こういう接触はできればやめてほしい……。

「……待って、離れて。私いま汗臭い……」

「そう言ってもいつも俺のことは嗅いできたじゃないか」

「……そうだけど！」

「平等にいこう、真昼」

「っ……」

依然として後ろから抱きすくめられたまま。倫太郎の話し方はソフトなのに低音がお腹の底に響いて、まだ会ったばかりだというのにムズムズしてきた。

なんか今日の倫太郎、いつもと雰囲気が違う。

「今夜は俺の言うこと聞いてくれる？」

「……え？」

「最低金額二万円。各種オプションあり。お金は足りなければ後でその分財布から抜いてくれ」

「あ、うん……？」

「詳しくは後で説明する」

疑問を口に出す間も与えてもらえず、にべもなく畳みかけられて、私は今夜このホテルで倫太郎と過ごすことに決まった。性的なサービス込みで。

（……今、何が起きた？）

私はぽかんとしていた。今夜の私に倫太郎と風俗ごっこをしてやろうという魂胆はない。最近の彼は疲れていたし、少し息抜きに付き合うだけのつもりでいた。それなのに倫太郎のほうから誘ってくるなんて……。それも、倫太郎のほうがしたそうな雰囲気で。

風俗プレイそのものはもう何度も実践している。でもそのほとんどは私から持ち掛けていて、たった一回倫太郎から誘ってくれたのも、寝落ちの埋め合わせ的に仕方がなく、だったのに。

「どうかした？　真昼ちゃん」

プレイは既に始まっていた。たぶん、私が彼に電話で呼び出されたときから。

あれは妻を呼び出す電話じゃなくて、デリヘルを呼ぶ電話だったんだ。

（………すごい進歩だ!!）

ついに私、ほんとにデリバリーされてしまった！

倫太郎たっての希望でこれからエッチなことをするのだ。私の自己満足じゃなくて、倫太郎の主導で。彼が願っていることを、これから叶えられる。

予期せぬタイミングで巡ってきた当初の目的の達成。そうとわかれば私も本気で応えるまでだ。ついこの間、倫太郎のお尻を攻めて彼を気持ちよくすることに目覚めたところ。呼ばれたからにはこのシチュエーションを最大限利用して、彼を気持ちよくする！

私は私を抱きすくめてくる倫太郎の腕を抱きしめ、後ろを向いて宣言する。

「私、頑張るね！」

すると倫太郎は目を丸くして、それからサッと目をそらした。

「……うん。頑張って」

あれ？　微妙な反応……。

しかも目をそらされて、なんだかよそよそしい。

かと思えばいつもの倫太郎らしく柔らかく笑って、私をこう誘った。

「おいで。風呂場に行こう」

高級ホテルなだけあって、浴室の内装も立派なものだった。洋風で、総大理石の贅沢なバスルーム。豊富なブランドもののアメニティー。

私は先日のデリヘルごっこと同様、泡モコにした体で全身を洗ってあげればいいのかな～と考えていた。前の感じだと倫太郎がそれを特別気に入っていた様子はなかったけど、どうせ先にお風呂には入るだろうし、一応やっておく？　それに、前みたいに全身舐めるなら念入りに洗ってあげないと。

しかしそんな私の算段とは裏腹に、遅れてバスルームに入ってきた倫太郎の格好は、なんと着衣のままだった。

「……どういうこと？」

一緒にお風呂に入るんじゃなかったの？

私はすっかり湯舟にも浸かる気で、お湯も溜め始めてて、素っ裸になっていた。対して倫太郎は私を出迎えてくれたときと同じ、ワイシャツとスラックスを身に着けたままだ。脱いでいるのは靴下だけ。そして手には、何が入っているのか四角い缶ケースを持っている。

「そこ。バスタブの縁のとこに腰掛けて」

「えっ……待って。一緒にお風呂に入るんじゃ……」

「一緒に入るとは一言も言ってない。風呂場に行こうって言っただけだ」

「屁理屈！」

喚いたところで倫太郎が服を脱いでくれる様子はなく、私はよくわからないまま、おずただ浴室が大きいこともあって縁の面積も広く、ちゃんと安定して座ることのできる造りになっていた。

おずと、言われた通りにバスタブの縁にお尻を乗せた。総大理石の縁はひんやりと冷たい。

私が裸で縁に座り、その前に服を着ている倫太郎が立つ。これから何を始めるつもりなのか彼の顔から読み取ろうと思っても、倫太郎の表情はいつもよりテンションが低く、冷めていて、何をしようとしているか以前に今の気分も読み取れなかった。

「……倫太郎……？」

彼は私の呼びかけに「うん」と曖昧に返事をしながら、シャワーヘッドを手に取って水を流し、自分の手で適温を確かめていた。

「後ろに手を突いて。こっちに向けて脚を開いて」

「えっ……」

「今から真昼のココの毛を剃る」

「は…………えぇっ⁉」

倫太郎が私のアンダーヘアに触れながらそう言ったので、どこの毛のことを言っているかは明らかだった。〝なぜ〟〝どうして〟と混乱しているうちにお湯が適温になったのか、まだ脚を開いていない私の下腹部に倫太郎が温水シャワーをかけてくる。

「ひゃっ……」

熱くはない、生ぬるいお湯が下半身にかかって、私の下の毛をしっとり濡らしていく。私は倫太郎から隠すように内腿同士を擦り合わせる。

「早く開いて見せて。しっかり温めて毛を柔らかくしておかないと」

「待って待って！　……ほんとに？」

「本気だ」

二万円という額を最初に提示された時点で、何かすごいことが起きる気はしていた。けれど、まさかこんなことを要求されるとは夢にも思わなかった。

「前回は全部真昼の言う通りにした。……次は俺の言うこと聞いて。いいだろ？」

「あっ……うーん……」

そう言われてしまうと、私は返す言葉がない。

先日のお尻を触るプレイは、結構私が強行してしまった部分があった。それは天塚さんからの助言で〝最初はイヤイヤ言っててもどうせ気持ちよくなる〟と言われていたので、ちょっと強引に押し進めたんだけど……。実際、最終的に倫太郎は気持ちよさそうにしていたし。

それでも強引は強引だったから、私に倫太郎の要求を断る権利はないように思う。

（剃る……剃るのか～……）

そんな心づもりはもちろんしていなかったし、抵抗がないわけではない。けど絶対に嫌かと言われれば、別に下の毛がなくなろうが困ることはないと思うので、そこまで嫌なわけでもない。微妙なラインだ。

ただ……倫太郎に剃られるということが、単純に……。

「脚開いて」

何度目かのその言葉で、ついに私は従わざるを得なくなった。倫太郎の静かで鋭い眼差しに貫かれながら、そろりと両膝を左右に開く。倫太郎は何も言わずに私のすぐ前で膝を突き、手にしていた缶の中からハサミを取り出した。

「だ……黙ったままされるの、怖いんですけど……」

「そうか？　……〝もうこんなに濡れてる〟とか言ったほうがいい？」

「っ……！」

意地悪く言い放たれた言葉に、不覚にも感じてしまった。鋭利なハサミを手にしている倫太郎を前に逃げ出せない緊張感も相まってか、蜜口から〝とろっ〟と愛液が溢れ出る。

彼はそれについて特に言及することなく、淡々と、ハサミを使って毛の長い部分を切り落としていく。

「あッ……んんっ……！」

じょきん、じょきん……と断裁の音が聞こえるたびに、私の真下にはらはらと恥毛が落ちていく。〝別にいいか〟と割り切っていたつもりが、すぐには元の状態に戻らないことを思うと、その取り返しのつかなさに心臓が高鳴って、ちょっとした服従心まで芽生えてきてしまった。

「――真昼、腰揺らすな。傷つけてしまいそうだ」

「だっ……て……」

ハサミの鋭利でない刃面の部分が、時に恥丘にひんやりと触れて冷たかった。かと思えば、切りやすいように陰毛を撫でつけたり引っ張ったりしてくる倫太郎の指の動きに翻弄されて。

(そんな真剣な目で見ないで)

私の広げた脚の間に顔を近づけ、彼は寸分も手元が狂わぬよう慎重にハサミを扱っていた。呼気がかかってくすぐったいほどの近さで、家ではまず見せないような、集中した顔をしている。

繊細な指先と強い眼差しに晒されて、彼に剃毛されている間は愛液が止まらなかった。

「……ん。これでいいか……」

ハサミで取り除ききれなかった短い毛は、後に登場した電気シェーバーで残さず剃られた。私はてっきりT字型やI字型のカミソリが登場すると思っていたので、そのことを倫太郎に伝えると素っ気なくこう説明された。

「荒れたり剃り残しができたら嫌だろ」

それはまあ、嫌ですけど。

事前にきちんと適したやり方を調べてくれているらしいことにホッとし、私は無毛になった自分のソコを見下ろした。……変な感じ。やっぱりちょっと恥ずかしい。

「よっ、と……」

私の毛を剃るためにしゃがんでいた倫太郎が立ち上がる。見れば彼のスラックスの股間部分は大きく膨らんでいて、勃起しているのは一目瞭然だった。

あんなに真剣な顔をしておきながら、倫太郎も興奮してたんだ……。

けれど、一方で少し気になることがある。彼はさっきからずっと浮かない顔をしている。興奮はしているのかもしれないけれど、なんだろう……なんというか、あまり楽しそうではなかった。

「……倫太郎？」

「なに？」

私を見下ろす目もどこかちょっと寂しそうで、もう剃られてしまった後でなんだけど、私はどうしても引っかかったので。

「本当にこういうことしたかった？」

尋ねると一瞬変な間ができて、倫太郎の目の奥が揺れた気がした。けれどすぐに彼はまた目をそらし、「そうだよ」と言う。

それならそれでいいのだけど。

(倫太郎が、素直に欲を出してくれるようになったってことだもんね!)

よしよし、これでいい。

……これでいい、はず。

「じゃあ次はコレ」

そう言って倫太郎は、缶ケースの中からまた新たなアイテムを取り出した。パッと見ではそれが何か判別がつかず、私は眉をひそめる。

「……なぁに? それ」

「もうひとつのオプション。持ち込み衣装」

ああ、そういうオプションは確かに存在するんだったな。でも倫太郎が手に持って見せたものは、衣装というより装飾品だった。布部分は一切なく、細い金属のチェーン。所々にスワロフスキーが散りばめられている。

最初はネックレスか何かかと思ったけど、それにしては何重にも連なったり、不自然なレーンが伸びたりしている。

「これはラビアリング」

「ラビアリング……?」

聞いたことがない。

　バスタブの縁に座ったままの私に、倫太郎は慣れた手つきでそれを身に着けさせ始めた。腰に巻かれる細く繊細な金属のチェーン。鼠径部のあたりにはこれもまた金属でできた花の飾り。ウエストに着けるネックレスみたいなものかしらと考えると、普通にお洒落な気がしてきた。くびれを細くセクシーに見せてくれそう。

　ただちょっと気になる。腰に巻かれたチェーンからは前に二本、後ろに二本の、不自然なレーンが伸び、その先には一円玉にも満たない大きさの輪っかがついていた。お洒落な腰まわりのデザインに対し、その存在だけが浮いている。

「〝ラビア〟は陰唇のこと」

　そう説明しながら倫太郎が私の足元で膝立ちになり、私の膝の頭を両手で摑んで左右に押し開いた。

「あっ……」

　剃られてつるつるになってしまったソコに倫太郎の指が触れる。彼はダイレクトに陰唇に触れると、腰のチェーンから不自然に派生してぶら下がっていた輪っかをひとつ手に取った。

「これで陰唇を……真昼のビラビラを、優しく挟むんだ」

「んぅっ……」

「挟むところはシリコンだから、痛くないだろう?」

倫太郎の言う通り痛くはなかった。耳に着けるノンホールピアスがイメージに近いと思う。アレを襞にひとつずつ取り着けられていく。合計して四つ。途中、作業している倫太郎の指が不意にクリトリスに触れたりして、私は片手で自分の口を押さえながら身悶えして刺激に耐えていた。

「――できた」

腰まわりから伸びるチェーンは前から二本、後ろから二本。ゆったりとしたカーブを描いて垂れる四本のチェーンのその先端は、すべて私のラビアへと集まっている。

「立ち上がってみて、真昼」

「あ……ん……」

床に膝を突いたままの倫太郎の手を借り、そっとバスタブの縁からお尻を浮かせて立ち上がる。するとチェーンの僅かな重みに引っ張られ、くっつき合っていた左右の陰唇が外へ外へと花開く。

「っく……はっ……」

「脚を開いてよく見せて」

「あ……やぁ、ん……」

私の体に取り着けられたラビアリングは、当たり前だが私の大事なところを少しも隠してはくれなかった。先ほどつるつるにされてしまった幼い恥丘が強調され、ひどい辱めを受けている気分になり、私は目を伏せて唇を噛む。

「り……倫太郎」

「ん？」

「なんで、こんな格好させるの……？」

倫太郎は私のいやらしく飾った姿をただ眺め、ぼんやりと答える。

「……なんとなく。興奮するから」

——あ、そうなんだ。

そこで私は一瞬、冷めた気持ちになる。倫太郎がなんとなく興奮するから、私はアソコの毛を剃られた上、こんな格好をさせられている。……〝なんとなく〟で？

倫太郎の望むことを、なんだってしてあげたいと思っていたはずなんだけど。

「綺麗だよ」

取ってつけたような言葉で私を懐柔してくる。倫太郎はひとしきり目で私の痴態を堪能すると、今度は私の膝裏へ手をかけ、そのまま秘部へと顔を埋めていく。

敏感な場所に感じる、溶けそうなほど熱い吐息。

「待っ……だ、めぇっ……！」

〝べっ〟と舌を出すのが見えた直後、熱く柔らかな感触が私の襞を襲った。表をべったりと舌で覆われ、そのまま彼が舌の表面をソコに擦り付けてくる。

「あ、あああ……！」

体の芯に火をつけられた。その瞬間がはっきりとわかった。

さっき毛を剃られていたときには与えられなかった甘美な刺激に、私は腰を震わせ、自分から彼の舌のザラつきに肉芽を擦り付ける淫乱な女に成り果てる。

「ひ、あ……っあ、あぁ……ンっ……！」

「いい……腰にクるよ、その声。風呂場だから響くな。もっとしようか」

「やっ……あああああ――ッ！」

ぴちゃぴちゃと舐めしゃぶる音が大きくなり、その分当たり前のように刺激も強くなった。襞と襞を掻き分けんばかりに激しく上下する舌。合間に蜜を啜られ、敏感な粒を舌先でいじめられると、悲鳴にも似た声が反響する。

「だめっ、だめぇ……！」

「そんなに俺の頭をがっちり押さえておいて？　……なあ、もっと？」

「ひっ……！」

「どうしよう真昼。愛液が溢れて止まらない」

「飲んじゃ、いやっ……あう……はぁんっ……」

制止など聞いてくれずに、彼の舌がナカへと侵入してくる。唾液と愛液が混ざり合う淫靡な音。倫太郎が愛液を飲み込み喉が鳴る音。それを喜ぶように淫壺は新たな蜜をつくり、太腿へと垂れ落ちていく。

〝ぷちゅっ、ぢゅぅっ〟と執拗なほどに舐め吸われ尽くして、私はどんどん手と脚の力が抜け、そのままの姿勢を維持できなくなって。

「あッ、あぁッ……イっちゃ……イっちゃうぅっ！　ンんぅ――ッ!!」

ビクビクンッ!!　と大きな痙攣を起こし、達した直後、力が抜けた体は前のめりに崩れ落ちた。私の脚の間から顔を上げた倫太郎が、それをちょうどよく抱きとめる。

「はっ……はぁっ、あぁっ……」

体中の毛穴という毛穴から汗が噴き出して止まらない。

過呼吸になりそうなほど荒くなった息を落ちつけたくて、体もうとその場にしゃがみ込もうとしたのだけれど。

「まだへばるな。これからだろ？」

「ん……ふっ……？」

腕を引っ張り上げられ、座っていることは叶わなかった。なぜかくるっと体を回されて倫太郎に背を向けることに。その直前、倫太郎はベルトをはずしてスラックスの前を寛げ、自らの陰茎を取り出した。それは青筋をたててビクビクと脈打ち、完勃ちしている。

「浴槽の縁に手を突いて、尻はこっちに突き出す」

淡々と指示してくる声にドキドキしながら、疲れた体に鞭打って言われた通りにしてみる。お尻の肉をがっちり摑まれる。

ほどなくして、蜜口に〝ぷちゅっ〟と熱い何かが触れた。

「あッ……」

私の口から期待で切ない声が漏れた直後、彼の大きなモノがぬかるみを掻き分け、私の奥深くを力強く押し広げた。舌よりもずっと硬く、太く、長いソレを、私の体はすんなりと受け入れてしまう。

「あ、あ、あぁぁっ!!」

「ああ……ぬるっと入ったな」

背後から聞こえる恍惚とした声。〝ぐぷっ、じゅぷっ〟と粘性の高い水音が生々しく浴室に響く。

彼がゆるゆると腰を押し付けてくるので私はそのモノの大きさとカタチをしっかり感じさせられて、膣の奥がじんじん疼いた。

「ん、ふ……ふあぁぁっ……」

「ほら。喘いでないで、どんな感じか教えて」

「……倫っ、倫太郎、の……硬くて、ゴリゴリ擦れてっ……」

「擦れて……？」

「すごく、イイのっ……あんっ……気持ちイイっ……!!」

「いい子だ」

背中にキスされて、それも気持ちよくてたまらない。私は「はぁん……」とだらしない声をあげ、甘えるように自分から腰を揺らした。

「あうっ！　んあぁっ……はぁんっ!!」

〝たぱっ、たぱっ〟とお尻の肉と倫太郎のお腹が音をたてて速いテンポでぶつかるなか、消えそうなほど小さな声で「俺のもの」と聞こえた気がした。幻聴だろうか？

「何か言った？」と確かめる余裕もないまま、快楽の波に呑まれ、些細な疑問は掻き消される。後ろから何度も何度も突き上げられて、大きく体を揺さぶられて。〝これが倫太郎の欲望なのね〟と思い知って。

それで？

「だめ、だめっ……すごいぃっ……！　あっ……だめぇッ……！」

「ほらっ、イけっ……イけっ！　真昼っ……！」

これぞ理想のセックス。容赦がなくて、倫太郎主導で強く求めてきてくれて。そんな彼の望むアブノーマルなプレイに応えられている私。これが理想形。

――そのはず、だったのに。

（私いま……誰とセックスしてる？）

普段と様子の違う倫太郎に後ろから犯されていると、体は感じていても頭が混乱した。

普段の彼らしい気遣いも思いやりの言葉もなく、体位的に顔が見えないこともあってか、知らない男に抱かれているみたいだ。

欲望のまま求められて、気持ちよくしてもらえて嬉しい。

でも、なぜか心の繋がりが感じられない。

私が望んでたのってこういうことだっけ？

何が欲しくて私は風俗ごっこを始めたの？

(――――あれ？)

なぜ彼に抱かれ、どうして自分は喘いでいるのか。

私はよくわからなくなってしまった。

◆十章　夫婦夜咄

「うわ、煙草吸っとる」

「冷やかしなら向こうに行ってくれ」

休憩時間、いつものようにホテル屋上のパラソルの下で過ごしていた俺は珍しく煙草を吸っていた。人の気配がしたのでとっさに煙草の火を消そうかと思ったが、やってきたのが大隈だとわかってそのまま吸い続けていた。

ハイウインド東京では従業員の喫煙を原則禁止している。マネージャー職の俺が吸っては示しがつかないとわかっているし、そもそも俺は普段は煙草を吸わない。けれど今は、こうでもしなければ頭の中を余計な考えが占拠して、切り替えができなかった。

「そう素っ気なくするなよ。煙草チクるぞ」

言いながら大隈は向かいの椅子に腰掛ける。今日も話し込む気満々だ。ここんとこずっとホテルにいるけどちゃんと仕事してるのか？　……とは、煙草を吸っている今の俺には言えない。

俺は〝フーッ〟と煙を吐き出して言った。

「俺がココから飛ばされたら、後のことは頼む」

「……おいおい。本当にどうした？　自暴自棄か？　国崎が煙草吸ってる時点でよっぽどじゃん……」

俺の頭の中を占拠しているのは、専ら真昼とのことだった。文屋から真昼がうちのレストランで知らない男と二人で会っていた話を聞かされて、俺はそのことについて真昼に尋ねていいものかしばらく悩んだ。

悩んだ結果、ついに話題に出すこともできなかった。どんな訊き方をしても俺が浮気を疑っているように聞こえてしまう気がしたからだ。ただ外で人と会っていただけでそんな疑いを持たれたら、真昼はどれだけ嫌な思いをするだろう。

文屋から聞かされた真昼の目撃情報は、俺の胸にとどめておくことに決めた。きっと少し経てば日常に押し流され、記憶から薄れていくだろう……と。

しかし見込みに反して心のしこりは大きくなっていった。あの日会っていた男は誰で、真昼とはどういう関係なのか。数日経っても真昼からは何の説明もない。数日前のことを話題に出す可能性は低いとわかっているのに、俺のフラストレーションは溜まり、でも今更訊けなくて、そしてついにあの日、爆発した。

その結果が剃毛とラビアリングだ。


細部を語る必要はないと思ったので、大隈には話を丸めて「嫉妬が爆発して真昼にひどいことをしてしまった」とだけ打ち明けた。大隈は「あー……」と憐憫の声を漏らし、「一本ちょうだい」と俺の煙草を奪っていって共犯者に。ダメな夫の会は更に輪をかけてダメになり、ダメダメな夫の会となる。

「まー……仕事でも失敗することくらいあるじゃん？　夫婦関係も同じだって！　そう気を落とすなよ」

「さすが。奥さんと冷戦中の男は心構えが違うな」

あまりに軽いノリで励まされたので皮肉を返すと、大隈は「ああ、その話？」と言いにくそうに鼻の頭を擦る。

「実は……レス解消しまして」

「えっ！」

驚いて手から煙草を取り落としそうになった。皮肉めいた気持ちもどこかにいって「よかったな！」と言いそうになる。だって、結構長かったはずだ。随分長い間、大隈は顔を合わせるたびに「レス記録絶賛更新中！」と嘆いていた。

「それはまた……どうやって」

「この間国崎と話してて、結局は会話だなって話になったじゃん？　それを思い出して、一度忍と真剣に話し合ってみたんだよ。〝俺は好きだからお前に触りたいけど、俺がどうなれば触らせてもいいと思う？〟って」

「すごい下からだな。……それで、奥さんはなんて？」

「〝仕事と家事が大変すぎていつも全然元気残ってないから、もっと家事やって〟って」

「……」

「それから超絶家事を頑張ったら、ついに昨晩〝いいよ〟って！」

〝きゃっ♡〟と大隅がわざとらしく恥じらうのでイラッとした。よかったなと思っていた気持ちがちょっと薄れる。……いや、よかったか。奥さん抱きたさで大隈が心を入れ替えたなら、どちらにとってもよかったんだろう。

夫婦がうまくいった話を聞かされて身につまされる。

「やっぱり会話か……」

「会話だよ。こんなことならもっと早く話聞いとけばよかった」

「どんだけ奥さん任せにしてたんだか」

「いやぁ、反省してます〜。家事って案外楽しいのな！　俺洗濯は結構好きかも」

大隅からは惚気を聞かされ、「お前も頑張れよ」と言われただけだった。何の参考にもならんと思ったが、そりゃそうだ。夫婦それぞれ違う人間同士の組み合わせで、関係性も、抱えている問題も違うのだから。自分たちのケースに当てはめられると考えるのが、そもそもの間違いだった。

会話が大事だということは前回既に気付いていて、そうして臨んだセックスは真昼に主導権を渡したまま、一方的に尻を攻められ続けて終わってしまった。

その次のセックスは俺のほうが冷静ではなかった。彼女がレストランで誰と会っていたのか訊けないまま、過激なプレイで気を晴らそうとした。下の毛を剃り、彼女を俺のためにいやらしく着飾らせた。〝自分のもの〟と思うと興奮はしたけど、不思議と心が満たされはしなかった。

(当たり前か。俺は別に、真昼を意のままにしたいわけじゃない……)

通常の日勤を終えて帰宅すると、今日の真昼は既に風呂に入った後だった。

「お帰りなさい」

「うん。ただいま」

今日もハグはない。習慣になっていたスキンシップがなんとなくスルーされ、若干の気まずさを残したまま、俺はリビングに進む。

「今日の晩御飯はさっぱり！　プチトマトを入れた冷製ジェノベーゼにしました〜」

「美味しそう」

「美味しいよ〜味見まだしてないけど！」

真昼はいつも通りに見えて、実はいつも通りじゃない。俺は知っている。真昼は元気がないとき、笑っていても眉尻が少し下がるのだ。ちょうど今みたいに。

ホテルに呼び出して抱いたあの夜から、真昼もどこか無理をして笑っているような気がする。あの夜のことが原因なのか。それともレストランで会っていたという男と関係があるのか。

（……今、何を考えてるんだろう）

向き合って座って一緒に食事をとっていても、真昼の頭の中はさっぱり読めなかった。こういうときに夫婦は他人だということを実感する。どれだけ相手のことが好きでも、好きな気持ちが大きいほどそれがプラスに働くとは限らない。好きだから深入りできないし、好きだから見限られるのが怖い。

核心に触れるような話はひとつもできないまま、冷製ジェノベーゼの味もよくわからないまま、その日の夕食は過ぎた。

風呂に入った後で残った家事を真昼と分担し、てきぱきと就寝の準備をする。途中で真昼とじゃれることなく黙々と手を動かしたせいか、夜の十時過ぎにはベッドに入っていた。

（……静かだ）

ベッドの上に仰向けに寝て、天井を見つめながらぼんやりと、隣の真昼に思いを馳せる。

――もう訊いてしまってもいいだろうか？　気になっていることを全部。真昼の反応を恐れて訊けなかったことを。胸にとどめていれば忘れられると思っていたけど結局、一度生まれてしまったモヤモヤは大きくなり、爆発して、俺を奇行に走らせた。下の毛を剃って真昼を征服したとて、今もムシャクシャした気持ちを抱えたまま。

このまま真昼とのぎこちない空気を見て見ぬフリで、仮面を着けたまま過ごすくらいなら。いっそ真昼に嫌われてでも、すべてをはっきりさせたほうが……。

（――いや。そんな破滅志向はよくない）

覆水盆に返らずという言葉があるように、一度壊れてしまったものの修復は難しい。一度嫌われたらずっと嫌われたままだ。いつか文屋も言っていたっけ。〝女性の愛情は減点方式だ〟と。男が加点式で好きになっていくのに対して、女は長い時間の中で男の失点を覚えていて、少しずつ愛想を尽かしていくのだと。

ここで堪えが利かずに洗いざらい話してしまうのは、賢いやり方ではないと思う。

「倫太郎」

「……ん？」

天井を見つめて考え込んでいると、ふと隣から真昼に呼びかけられた。ずっと静かだったのでもう眠ってしまったかと思っていたが、彼女はまだ起きていた。

布団の中で俺が体ごと彼女のほうを向くと、真昼は上体を起こし、俺の顔を上から覗き込みながら自分のパジャマのボタンに手をかける。

「え？」

「エッチしない？　寝るにはまだ早いし」

「……あー」

そういえば、そんなタイミングか。ホテルでのセックスから四日ほど経ったかも。

言われてみれば溜まっているし、ちらっと見せられた胸元に下半身が緩く勃起した。俺の体はやぶさかではないと言っている。

ただ体はそれとして、頭の中は別だった。

セックスとは直接関係のない質問が脳裏をちらつく。

〝二人で会ってた男って誰？〟

〝突然尻に興味を持ったのはなんで？　あんなの誰に教わった？〟

〝この間のホテルでのこと、どう思ってる？〟

（……ダメだ）

反応を示していた体も、頭の中が疑問で埋め尽くされると萎えてしまった。無理やり勃たせることもできなくはないが、今の調子だと最中に硬さを失って中断せざるを得なくなる可能性も……。

そこまで考えて、俺は真昼の肩をやんわりと押し離した。

「今日はごめん」

真昼の誘いを断ったのはこれが初めてかもしれないと、実際に断ってから気付いた。真昼も目を丸くして驚いているように見える。

彼女は目をぱちくりさせながら、すぐニコッと笑顔をつくった。

「そうだよね！　そんな元気残ってない日もあるよね」

「ごめんな」

「ううん。……あのさ」

「ん？」

「疲れてるなら、風俗ごっこはどうかな」

持ち掛けられた提案に、今度は俺のほうが目を丸くした。提案された内容よりも、真昼が食い下がってきたことが珍しかったからだ。

彼女は恥ずかしそうに体の前で手をパタパタ振って弁解してくる。

「ほら！　最初にやったでしょ？　〝口でするなら五千円♡〟って。あれなら倫太郎は何もしなくていいから疲れないし、私が頑張れば――」

「真昼」

「……はい」

名前を呼ぶと忙しなく動かしていた手をすとんと下ろし、静かになった。

俺は考える。真昼の願いはできれば無下にしたくない。彼女が望んでいることはできる限り叶えてやりたい。そう思って今まで暮らしてきた。

けど、何かが掛け違っているような今の状態で、真昼に金を払ってサービスをしてもらうのは何か、ダメだ。それをすると俺たちの夫婦関係はダメになる気がする。お互いになんとなく不和を感じているのに性的な触れ合いで有耶無耶にしていたら、いつかそれが二人の癖になってしまいそうで。

「こういうのはやめにしよう」

「……こういうのって？」

「俺はもう金を払わない。金を払う代わりに真昼に何かをしてもらうのは、もう終わり」

言い切ると少しすっきりした。

そうだ。夫婦間で金銭のやりとりなんて最初からおかしかったんだ。セックスはコミュニケーションなのに、それぞれ一方通行な対価と奉仕なんて。

俺の顔を覗き込んだまま話を聞いていた真昼は、小さく笑ったと思うと「わかった」と言った。彼女らしい、相手に気を遣わせないための笑顔だった。

真昼は布団の中に戻り、眠りにつく準備をする。俺も今日はもう眠ろうと天井のほうに体を向け、そのまま目を閉じた。

（……どうして真昼は一度食い下がってきたんだろう）

眠りにつくはずが、また新たな疑問が湧いて頭をもたげてくる。

一回目の「エッチしない？」は、単純にしたい気分で言ったのかもしれない。じゃあ二回目は？　口でするのを提案してきたのにはどんな意味があるんだ。フェラなんて別に真昼が気持ちよくなれるわけでもないし、口だって疲れるだろうし。良いことなんかひとつもない気がするのに。

そう思うと、最初に金銭を要求されたときのアレはなんだったのだろう。


〝手でするなら三千円。口でするなら五千円♡〟


これまで深く考えてなかったけど。真昼はどうしてあんなことを言い出したんだ？

――その疑問に辿りついたとき、俺はパチッと目を開けた。音が聞こえる気がしたからだ。すぐ近くから。具体的には、傍で眠っている真昼から。

俺は動揺し、すぐさま体の横で肘を突いて上体を起こし、隣の彼女の様子を窺った。

「おい……真昼？」

返事はない。でも確かに音がする。

「真昼」

俺に背を向けている彼女の肩に手をかけ、揺り起こす。と言ってもたぶん彼女は、眠っていない。

「どうしたんだよ」

聞こえていたのは真昼がすすり泣く声だった。泣くのを我慢して堪え切れずに出てきたような嗚咽と、控えめに鼻をすする音。

彼女は返事をせず、頑なに俺に背を向けたままだ。

「真昼。こっち向いて」

「っ……」

「こっち向けって」

肩にかけていた手を少し強引に引いて、真昼を俺のほうに向かせた。目に飛び込んできたのはそれはそれは衝撃的な光景だった。なぜなら俺は、彼女が泣いているところを見たことがない。

大きな瞳いっぱいに涙を溜めて、許容量を超えた分がハラハラと頬に零れている。初めて見るその表情に、俺は不思議なほど魅せられていた。

「……どうして泣いてるんだ」

真昼は涙を止められず、ふるふると顔を横に振って否定するばかり。理由を話してくれる気はなさそうで、俺の手から逃れようとする。

「こら。待って。……真昼、俺の目見て」

「やだっ……」

「黙って泣かれたらわからないだろ」

彼女の顔を両手で挟んで固定して、逃げられないように上から押さえつける。頑なな真昼に負けないために言葉尻が強くなった。それでも彼女はなかなか口を割らなかった。

「真昼」

「っ……ごめん、離してっ……」

「ダメだ、離さない。……なんで泣いてる？」

キラキラと光る涙を零しながら真昼は目を伏せ、なかなか俺の質問には答えてくれなかった。それでもここで諦めるわけにはいかないと根気強く問い質し続け、十回ほど同じようなやり取りを繰り返した末、真昼はやっと口を開いた。

「……倫太郎と、距離を縮めたかったはずなのにっ……」

「うん」

「なんか後退してる気がする。……でも、どうしていいかわからない」

「……うん」

俺の言葉や態度が、そんな風に思わせてしまったんだろう。俺自身も同じように感じていたのだから、真昼が何も感じ取っていないはずがなかった。さっき彼女が食い下がって

「口でする」と言ったのも、コミュニケーションをとるための苦肉の策だったのかもしれない。

泣いている真昼に、俺はどう接するべきか。俺自身が感じているわだかまりを正直に話せば、真昼を更に泣かせることにはならないだろうか。

ここは本当のことには触れず、「後退なんてしてないよ」と慰めるべきか……。

俺がこの後の対応に迷っていると、真昼が目を伏せたままぼそりとつぶやいた。

「この間のは、倫太郎じゃないみたいでちょっと怖かった」

「……それはホテルでの話？」

真昼は小さく頷く。静かでしおらしくて、いつもの彼女とは全然違う。——こんな彼女は久しぶりに見た。付き合いが長くなるにつれて彼女はどんどん明るくなっていったので、忘れていたけれど。昔はこういう憂いのある表情をよくする女の子だった。

そしてホテルでのことについては、俺も酷いことをしたと思っていた。

（〝俺じゃないみたい〟か）

そうだろうな。俺自身さえ自分が自分じゃないような感覚に襲われていたくらいだから。

自分がまさかあんなに一方的な行為に走るとは思いもしなかった。真昼からすれば余計にショックだったと思う。

一方で、あれも紛れもなく俺自身だった。自分でも知らなかっただけで、嫉妬に駆られれば激しい感情に突き動かされてしまうことがあるのだ。そのことを真昼に隠すか、打ち明けるか。

逡巡した結果、打ち明けようと思う。妻相手に聖人ぶろうとしても仕方がないと、彼女の泣き顔を見ているうちに思ったので。

「真昼をホテルに呼び出したあの日は……嫉妬してたんだ」

「……嫉妬？」

「うん」

「嫉妬って、一体何に……」

目を丸くしている真昼は、俺がここ数日抱えていたモヤモヤのわけを知らない。打ち明けると決めてもまだ躊躇する。でもよくよく考えてみる。

〝レストランで会っていた男について尋ねると真昼を傷つけるのでは〟なんて思っていたが、その気持ちは本当か？　ほんとは自分が幻滅されたくなかっただけじゃないのか。こんなことで浮気を疑う小さな男だったのかと、真昼にがっかりされたくなくて。

保身のために黙っていていいはずもない。自分の汚点を晒してでも本当のことを話すべきだ。相手は自分の妻なのだから。――そう自分に言い聞かせて、口を開く。

「真昼。少し前にうちのホテルのレストランに食べに来てただろ」

「えっ、なんで知ってるの!?」

やっぱり事実だったのか。確信を得ると少し落ち込んだ。

「前に紹介した文屋って同期が真昼の顔を覚えてたんだ。あいつレストラン担当だから、後で俺に真昼が来てたことを教えてくれて」

「あ～……」

「男と二人で会ってたってほんと？」

真昼は困った顔になる。これも事実だったと知って、俺は更に落ち込む。

彼女はぼそっとつぶやいた。

「天塚さんの言った通りになっちゃった……」

それが相手の男の名前らしい。頭の中でざっと検索をかけてみるが、彼女との共通の知り合いの中にはいない名前だ。……でもなんか、聞いたことはあるな。聞いたことがあるというか、見たことがある名前というか。

「エッセイ作家の天塚竜慈さん」

「エッセイ作家？」

真昼は頬から俺の手をはずし、ベッドの上で起き上がった。頬に涙の跡が残っているがもう泣きやんでいて、真昼はブックライトを灯し、ベッドサイドテーブルに置いてあった雑誌を手に取る。真昼が装丁を担当した書籍が掲載されている、俺の永久保存版雑誌だ。

彼女はそれをパラパラ捲り、該当のページを開いて俺に見せつけた。真昼が装丁を担当したエッセイ本の著者名は、彼女が口にした名前と同じ〝天塚竜慈〟。

「……デザイナーが著者と二人で会うことなんてあるのか？」

「普通はないよ。編集さんを交えて三人で会うことならあるけど」

「でも二人で会ってたんだろう」

「本当は清枝と三人で会うはずだったんだけど、清枝が急用で来られなくなったの。そもそもその日は仕事じゃなかったから、こっちを優先してもらうわけにもいかなくて……」

「……んん？」

ますますわからなくなった。伊角さんと仕事の打ち合わせで三人で会っていたというならわかる。でもそれなら伊角さんが来られなくなった時点で中止になるだろうし、それ以前に真昼は今、仕事の用事じゃなかったと言った。仕事じゃないならなんなんだ？

「天塚さんはその昔、ゲイ風俗で伝説のボーイって呼ばれてたてね」

「おお……」

突然思いもしなかったワードが出てきてたじろいだ。そういえばエッセイもそんな内容だったような。真昼もどう偏見を挟まれないデザインにするか頭を悩ませていた。

ブックライトに照らされている彼女の顔が言いにくそうに曇る。

「つまり、天塚さんは男の人を喜ばせるプロなわけで……相談してたの。どうすれば倫太郎を喜ばせられるかって」

「え」

「お尻を攻めるといいよっていうのも天塚さんのアドバイス」

「いやいや！」

〝その男の入れ知恵か……！〟〝その男のせいで俺は尻をいじられたのか！〟という衝撃に次いで、真昼の行動力に度肝を抜かれた。

本当にそんな理由で？　俺を喜ばせるためだけに、人に話を訊きに行ったのか？

〝そんな恥ずかしいこと人に相談してくれるな〟とも思ったが、その点では俺も一緒だった。俺も、自分では答えが見つけられなくて大隈に相談していたんだった。

浮気ではなかったことと、真昼の知識の出所がはっきりしたことに安堵のため息をつく。ため息と一緒に率直な感想が口から漏れた。

「どうしてそこまで……」

すると、しばらく黙り込んでいた真昼が答える。キッと厳しい顔をして。

「結婚生活はエンターテインメントだよ」

泣いた後だからか、まっすぐこちらを見てくる目はやけにキラキラしている。

彼女が口にした言葉の意味を俺はよく理解できず、黙って説明を待つ。

真昼はいつも以上に早口で語った。

「いつも通りを繰り返してたらいつか絶対飽きがくる。離婚率が一番高いのは三十代前半だって知ってた？　まだ再婚へのハードルも低い年齢だから〝本当にこのパートナーでいいの？〟って冷静になるからじゃないかって言われてる。結婚生活を円満に続けていくって、実はそれだけですごく難しい」

「……うん」

それは文屋や大隈の話を思い出すと腑に落ちる。三者三様の夫婦関係には何か問題があったり、目立った問題がなくともその状態を維持するための努力があった。〝うちはマンネリとは無縁だな〟なんて思っていた俺も、こうして真昼を泣かせたりしている。

どれだけ相手のことが好きでも、円満な結婚生活を守っていくのは難しい。

俺よりずっと前からそのことを知っていた真昼の声は、ヒリついている。

「一緒にいて楽しくなくなったら、わざわざ結婚生活を続ける意味がわからなくなってしまうでしょう。冷静になる暇なんて与えちゃダメなんだよ。永遠にパートナーを楽しませ続けなきゃ」

ヒリついた声と、苦しげな表情、言葉の強さに圧倒されて。

「倫太郎に私と〝ずっと一緒にいたい〟と思ってもらうためなら、私は何だってやる」

(──ああ)

やっぱり俺たちの夫婦関係は、彼女の努力と深い愛情によって成り立っていたと思い知らされる。普段は笑ってばかりいる真昼が、嚙みつくように吐き出した言葉が真実だ。

昔からこういう女の子だった。高校から大学、社会人になるにつれて彼女はどんどん魅力的になっていった。どれだけ軽やかに変貌を遂げたように見えても、ほんとは、水面下ではものすごく努力していたんだ。そういった努力を一切表には出さない人だった。

まさか結婚生活に対しても同じだったなんて。軽やかに機嫌よく日々を過ごしていた彼女が、実はこの夫婦関係を綱渡りみたいに考えていたなんて、想像もしなかった。思えば今日に至るまで目立った喧嘩をしたことがない。不安や不満を本気でぶつけられたこともない。ここ最近のように微妙な空気になることすら珍しい。──でも。

(本当にそうだったか?)

真昼の不安や不満を、俺は一度も耳にしていないだろうか。

そんなことはなかったはずだ。

サインはあった。あの夜に。

「……真昼はさ」

「なに……？」

「自分ばっかり頑張ることに、疲れてた？」

「……そんなこと言ってない」

「いや、言ってたよ。最初に風俗みたいなことを始める前に……」


〝エッチに誘うのが私ばっかりってどういうこと!?〟

〝倫太郎は私とシたくないわけ？〟


自分からセックスに誘おうとして結局できなかった俺に、真昼は確かに言っていた。彼女もそれを忘れたわけではないのだろう。子どものようにいじけた口を僅かに尖らせ、弁解してきた。

「あんなの……別に本気で言ったわけじゃないよ。倫太郎を焦らすために怒る演技をしただけで、特に深い意味は……」

「本当に？」

問いかけながら、俺はあの夜の自分の失敗に気付いていく。

――本当はあの夜、真昼が「私ばっかり！」と不満を吐き出してくれたときに、俺はそれをきちんと受け止めて真面目に話し合うべきだった。

それをしなかったせいで、見事に掛け違ってしまった。

「……俺はさ。あの夜、本当に自分から誘おうと思ってたんだ。文屋と大隈と飲んだときに〝うちは真昼のお陰でもってるなぁ〟って気付いて、それで……たまには俺から誘おうって」

「それこそ〝本当に？〟って感じだよ。肩にキスだけして寝ようとしてたじゃん」

「それは〝真昼はしたい気分じゃないかも〟って、途中で怖気《おじけ》づいたんだ。でも触りたい気持ちが抑えられなくて、肩にキスだけ……」

「……なにそれ」

「ごめん」

俺はあそこで怖気づいてはいけなかった。

今ならわかるのに。相手が気分じゃないかもなんて不安は、真昼だって同じだったはずだ。それでも上手に俺の気持ちを汲みながら誘ってきてくれていた。どうして俺は確かめもしなかったんだろう。

必要な勇気を奮わず、真昼が吐き出した不満に真剣に向き合わずに。

俺はあの夜、一体いくつ間違いを犯したんだ？

「はぁ……」

ため息をついたのは真昼だった。呆れと容赦が一対一で混じる息を吐きだしてから、彼女は顔をくしゃっとして笑う。

「今更いいよ。さっきも言ったけど、別に本気で怒ってたわけじゃないし」

すべてをなかったことにしようとするたおやかな笑顔。たぶん、この笑顔に俺たちの結婚生活は守られてきた。

彼女の小さな我慢の積み重ねと引き換えに。

「よくない」

「……倫太郎？」

「全然よくないと思うから……真昼」

「……なあに？」

五千円でフェラなんかしてもらってる場合じゃなかった。もっとずっと大切なことがあった。誘惑に負けて嫁を金で買ったりなんかしないで、有耶無耶にしないで、もっと真昼の不満と向き合うべきだったんだ。

だから。


「あの夜のやり直しをさせてほしい」

笑って済ませようとしてくれているきみに、もう甘えていたくない。

◇エピローグ　お金で買える愛もあるけれど

夜十時半の寝室。私は今、ベッドの上で倫太郎に背を向けて寝転がり、寝息をたてている。さながら、初めて彼に対価を要求したあの夜の始まりのように。

（〝寝たフリしてて〟っていう指示だったけど……）

〝あの夜のやり直しをさせてほしい〟なんて言うから、何をするのかと思えば。

倫太郎からはあの夜を再現すべく寝たフリを命じられた。

〝いや、それ必要ある……？〟と思わないでもなかったけど、真面目な彼がいつも以上に真剣な顔でお願いしてくるものだから、従わないわけにはいかなくなった。

一体何の意味があるんだろう。そもそも本当に意味なんてあるの？　わからない。うちの旦那、ちょっと天然なところがあるからなぁ……。

とりあえず私は言われた通りに寝たフリをして、この後何が起こるのか待っていた。

（……普通に寝ちゃいそう……）

目を閉じて規則正しい呼吸を心掛けていると、少しずつ意識が遠くなっていく。とりわけ今は倫太郎と和解できたらしい安堵もあって心が凪いでいた。ここ最近彼の様子がおかしかったのは天塚さんに嫉妬していたからだとわかり、同時に浮気の誤解も解けた。それだけで今晩はもう万々歳だ。

ホッとしすぎて眠い。私が本当に眠ってしまったら、倫太郎はどうするのかな。

ぼんやりそんなことを考えて、私が眠りに落ちる一歩手前。背後で衣擦れの音がした。倫太郎が寝返りを打つ気配。その直後、伸びてきた繊細な指に優しく髪を梳かされる。

（……あー）

そうだったそうだった。あの夜も、倫太郎はこうして私の髪を触っていた。くすぐったくてとても心地よく、いつまでもこうしててほしいなぁと思っていたのを思い出す。

ふと、髪を梳いていた彼の手が私の首筋へと流れた。倫太郎が触れたところから素肌に熱が灯り、温かくなっていく。パジャマの衿ぐりをほんの少し引っ張られて露わにされた肩。そこに熱い唇が〝ちゅっ〟と触れ、私は眠ったフリの最中だというのに声を漏らしそうになった。

「っ……」

あの夜の胸の高鳴りと緊張が蘇る。あの日の私は眠ったフリをして、彼を焦らして焦らして、倫太郎が我慢できなくなったタイミングで風俗ごっこを仕掛ける気でいた。でも、こんな風に倫太郎のほうから触れてくるのはちょっと予想外だった。

肩へのキスはなかなか止《や》まず、最初は触れるだけだったソレはどんどん性的な熱を帯び、執着心すら感じる官能的な口づけへと変わる。私の肩を湿らせていく倫太郎の熱い吐息。キスの水っぽい音。たまに舐め上げられて、その感触に息を呑む。

――〝このまま食べられたい〟と、あの夜は願っていた。

だけどあのとき、倫太郎は途中でやめてしまったんだ。

(これ……私、いつ起きればいいんだろう?)

倫太郎との間に綿密な打ち合わせがあったわけじゃない。私はただ〝寝たフリしてて〟としか言われておらず、この後の振る舞いに迷う。

あの夜は、倫太郎が途中でやめてしまったことに私が怒って、それを倫太郎が懐柔しようとして、以降は私の作戦通りに事が進んだ。だけど今夜は?

私が寝たフリを続けていると、倫太郎は一度顔を上げて〝はぁっ……〟と息をつき、私のパジャマのボタンをはずしにかかってきた。

(お?)

前のときもそうだったっけ? いや、ボタンは全部後になって自分ではずしたような。

倫太郎は肩へのキスを続けながら、私のパジャマのボタンを上からいくつかはずし、胸元に手を入れてごそごそと触れ始めた。

（えっ……）

キスは肩だけにとどまらず、首筋や耳の中にまで。パジャマの上から突っ込まれた手の指先は私の乳首をクリクリと転がし、露骨な愛撫を施し始める。

「真昼……」

何度も指先で胸の先っぽを爪弾かれながら、耳の中でぼそぼそと名前を呼ばれる。私は頭の中が真っ白になって、目を覚ますタイミングをどんどん見失っていく。

「真昼、抱きたい」

「っ……」

そもそも互いにフリだとわかっているんだから、目を開けてしまえばいい。でも今はもう少しこうされていたかった。すべすべと肌触りのいい手に体を触られ、優しく熱っぽい声に求める言葉を囁かれていたい。倫太郎の手が愛おしげに私の胸をまさぐると、体中がぞわりと疼き、快感が花開いていった。

私が寝たフリを続けても、倫太郎はそれを咎めることなく愛撫を続けた。

「真昼……」

胸をいじっていた手はするりと胸元から抜かれ、そのままパジャマのズボンの穿き口の中へ。横向きで寝ている私にさっきよりも大胆に覆いかぶさり、倫太郎はショーツの中に

手を入れてくる。……そこまで触る⁉

驚きつつも私はまだ目を開けない。もぞもぞするけど我慢だ。だって私は今、眠っているんだし。

茶番だとわかっていながら、この後の倫太郎の一挙一動が気になって身を任せていた。するとは、このままの体勢では下を触りにくかったのか、そっと私の片脚を持ち上げて脚を開かせる。

（うわ……）

そこまで動かされればさすがに起きるでしょ……と思いつつ、これは寝たフリなので。

「あー……すっごい。濡れてる……」

（言わなくていい！）

倫太郎の独り言に心の中でツッコミを入れているうちに、彼の指が陰核を含めた蜜口周辺をくちゅくちゅといじり始める。私は寝たまま脚を大きく開かされた恥ずかしい格好で、腰が浮きそうなのを必死で我慢して彼の手淫に耐えていた。

「はッ……あ、はぁっ……」

「……寝てても感じる？」

（ぼそぼそ囁かないで……！）

寝ているところを襲われる趣味なんてない。でも、目を閉じて声をこらえた状態で内側をいじられると、音と気配だけが世界のすべてになって快感で頭がいっぱいになる。

根元まで挿し入れられた指がぐじぐじと媚肉をほぐし、耳元で彼が呼吸をすると、私の体は馬鹿になり、愛液が止まらなくなった。その状態まで蕩かされた後、不意にある部分を〝ぐっ！〟と圧迫され、私はついに叫ぶ。

「あっ、やだ……あっ、ん、んぁっ……イくっ……」

「どうぞ」

〝グチュグチュグチュ！〟と断続的に激しく蠢く指先に、私は官能の熱を下腹部にとどめておけず――遂には弾け、思い切り仰け反った。

「はぅッ……！」

ビクン！　とひときわ大きな痙攣が体を襲い絶頂を迎えた。

目の前が白くスパークする。

「あッ、ん……っん……んんッ……」

指で掻き混ぜられるだけで、こんなに尾を引く達し方をしたのは初めてだった。〝ビクッ、ビクッ〟と震えが止まらず、ずっと気持ちいいのが残っている。

「はっ、はっ……はぁっ………も～……」

これだけ盛大にイっておいて寝たフリを続けるのは不可能。私は今が観念しどきだと思って目を開けた。そこには倫太郎の優しく慈愛たっぷりの笑顔があった。

まらなくよかった。

「……気持ちよかった」

悔しいけれど、ものすごく。心も体も少しずつ高みへと押し上げられていく感じが、た
「気持ちよかった?」

倫太郎はようやく震えの止まった私の体の上にのしかかり、頭を抱き込んで真正面から訴えてくる。いたく真面目な顔をして。

「抱きたい、真昼」

「……ふふっ。何この茶番」

照れ隠しもあって笑ってしまった。寝たフリを指示されて、襲われて、気持ちよくさせられて。最終的にこうやって「抱きたい」と求められる。まるでラブラブな夫婦を模したプレイみたいに。

くすくすと笑う私に、倫太郎は静かな眼差しを注ぎ続けた。優しく理性的なその目が、眼差しだけで私のことを黙らせる。

そしてまた一言。

「抱かせてくれないか」

私は急に腑に落ちた。

(あ、そっか)

――私、これが欲しかったんだ。

途中から目的と方法が入れ替わってしまっていたけど、そもそも風俗ごっこを画策したのは、倫太郎から誘ってもらえない現状を打破するためだった。

倫太郎に、倫太郎の意思で、私を抱きたいと思ってほしかった。

「真昼。……今夜はもう気分じゃない？」

彼は私の片方の手を搦め捕り、繋いでその手の甲にキスをした。

控えめだけど〝愛したくてたまらない〟と言われているかのようなキスに、私はときめいた。気分。気分です。そんな気分に、今なりました。

倫太郎は私の了解を得てから行為を始めるつもりみたいだ。だけど慣れない展開が、私には気恥ずかしかったので。

「……ん」

私は彼に搦め捕られた手を自分の口元に引き寄せ、倫太郎がしたように彼の手の甲にチュッと口づけた。唇を付けたまま、目で〝抱いて〟と訴える。

倫太郎はふっと空気を柔らかくして「ありがとう」と言い、私のこめかみにキスを落とした。

「今晩は何か、特別なことする？」

「特別なことって？」

私の合意をとった後、倫太郎は私のパジャマを丁寧に脱がせ、ズボンを優しく引き摺り下ろし、続いてショーツを脚から抜き取った。

私は脱がされた後、彼が自分のパジャマを脱いでいる間の手持ち無沙汰な時間が妙に恥ずかしくて、意味もなくそんな問いかけをした。

「ほら、今までいろんなこと試したでしょ。胸で擦ったりとか、ラビアリングとか……」

「ああ」

思えば本当にいろんなことを試した。体で体を洗ったり、顔に倫太郎のものをかけられたり。挙句の果てにはお尻を舐めたり、アンダーヘアを剃られたり。アブノーマルさを極めるアイデア合戦で背伸びをして、慣れないこともいっぱいやった。

しばらく待っていると、彼は「いや……」と切り出した。

「普通に抱きたい、かな」

「普通……」

「真昼はそれじゃ物足りないか？」

ふるふると首を横に振る。倫太郎とのノーマルなセックスを物足りないと思ったことは、今まで一度もなかった。

　そうこうしているうちに倫太郎も生まれたままの姿になり、彼は私の足側に座って太腿を抱き、挿入しやすい位置に私の体を引き寄せた。既に一度絶頂を迎えた後の私のソコはしとどに濡れている。

「力抜いて」

「ん……」

　気遣ってくれる倫太郎の声に安心して「ふっ……」と息を吐く。直後、蜜口に宛がわれたものの先端が〝ぐぐっ〟とナカに入ってくる感覚に、私はゾクゾクと腰を震わせて悲鳴をあげた。

「あっ⁉　ゃ、ぁ、あああ……ッ！」

「えっ……痛い？」

「ううん、きもちっ……」

　私のナカを貫いたモノの存在をまざまざと感じ、陶酔の息を漏らす。それを見ていた倫太郎はホッとしたように優しく目を細めた。

「俺もだよ。……俺も、奥までとろっとろな真昼のココに、出たり入ったりするの……んッ……すごく、きもちいっ……」

　熱に浮かされたような声でそう言って、ゆっくりと出たり入ったりを繰り返す。スローなピストンによって私の体はシーツの上を漂うように揺れ、倫太郎から与えられる甘い快楽に耐えようと下唇を噛んでいた。

「やっ……はぁん……」

膣壁がうねっている。自分でもわかる。倫太郎を〝もっともっと〟と欲しがって、彼自身を自分の奥深くへ招き入れる動き。たまらず彼の背中に脇の下から腕を回し、きつく抱え込む。

「うぅっ……んっ……！」

「好きなところ当たってる？」

「……当たっ、て、るっ……」

倫太郎はほとんど腰を動かしていなかった。途中から静止したまま抱き合って、深いところで交わったままじっとしていた。

私は膨張したモノに膣を押し広げられたまま、そのもののカタチと熱を噛みしめている。蕩けた襞が倫太郎のモノに甘えるようにしゃぶりつき、ずっと、ドキドキしている。

「……俺さ。真昼にこうして受け入れてもらうだけで、もうかなり気持ちいい」

倫太郎が私の頭を抱いたままうっとりとそう言うので、その言葉に嘘はないとわかった。いつぶりかのノーマルなセックス。奇を衒《てら》ったことは一切なく、シチュエーションも体位も凝らずの、何の変哲もないセックスだ。それなのにすごく気持ちいい。

激しく動かずとも互いの粘膜が擦れ合う感触だけで、互いを慰め合うような、許し合う

ような、優しい気持ちになれる。

なんだかツンと目と鼻の奥が痛くなり、私は泣くのを我慢して彼に言った。

「しばらく動かないで、このままナカにいて……」

「うん」

倫太郎は私の上で〝フーッ……〟と息を吐き、体重がかかりすぎない程度に体を預けてくれる。その分だけ緩やかに挿入は深くなり、彼の鈴口が私の子宮口に近づいた。私はもっと深いところで彼を受け入れようと大きく脚を開き、彼の腰を抱き寄せる。

「っ……待て、それはっ……出るから、待って」

「ん……」

私の腕を摑まえ、シーツの上に縫い留めるように握り、倫太郎は緩やかに腰を揺すり始めた。額を合わせてきたので顔が近くて、子宮が疼いているのか、心臓がドキドキしているのかわからなくなる。どっちもかもしれない。

「あー……ダメだな。腰、止めてられないや……」

「はっ、はぁっ……んんっ」

「ちょっとずつ動いていい？」

コクコクと頷く。激しく腰を打ち付けられたわけでもないのに、口がまわらないほど気持ちよくて苦しい。圧迫感を感じるほど逞しい男根でお腹の裏側を優しく撫で擦られると、悦《よ》すぎて気が狂いそうになる。

（……顔を見てするのって……）

こんなに幸せだったかな。

腰を優しく揺さぶられ、ひたすらまっすぐに私を見つめてくれる倫太郎の顔を見ていると、また涙が出そうになった。一生懸命気持ちよくしようとしてくれている彼に何か声をかけようにも、胸がいっぱいで言葉に詰まる。

——私がドロドロに堕とされるのに、そう時間はかからなかった。

「ふぁ、ぁっ……」

「あぁっ……真昼、すごいよ……」

恍惚とした倫太郎の吐く悩ましいため息が私の耳元を掠め、私を快楽の高みへとぐんぐん押し上げていく。彼は最大サイズまで怒張したモノの笠のくびれに引っ掛けるように、私の襞をヌチヌチと擦った。

私はもう倫太郎の体を抱いているだけでいっぱいいっぱいで、快感を享受することしかできない。そんな折に突然、それまで緩慢だった倫太郎の律動が一変し、〝ぐちゅん！〟と強く突き上げられる。

「あああ……ッ！」

最奥の普段は入らないような窄《すぼ》まりの中を攻め立てられて、私は悲鳴をあげて仰け反った。倫太郎はそのまま逞しい腰つきで激しいピストンを始め、何度も何度も奥のほうを捏ねる。溢れて止まらなくなった愛液を膣の中で掻き混ぜ、媚肉を荒々しく貪った。

律動の間隔がどんどん短くなっていき、倫太郎の口からも「ハッハッハッ……！」と間隔の短い吐息が漏れる。それはもうすぐ精を吐き出す合図。私の絶頂ももうそこだった。

「あっ、あんッ！　んんッ、あうぅっ……！」

息つく間もなく奥を穿たれ続け、奥が彼の熱い飛沫を注がれることを期待している。鈴口が何度も何度も私の子宮口近くを叩くので、私は意を決して「そのまま出して」と言おうとした。

それより一瞬だけ早く、倫太郎の口は私の耳に囁く。

「中に出していいかっ……！」

——全身がさざめき、歓喜に満ちた。私から言わない限りは叶わないだろうと漠然と思っていたことを、確かに今、彼に願われた。

私はいっそう強く倫太郎の背中を抱いて彼の首筋に頬ずりし「いいよっ……」と答える。すると、結合部にぐっと重さが増して律動が更に激しくなった。

「ん！　ンっ！　はぁっ……ふっ！　んぅっ！」

汗でひたひたと濡れた肌同士が密着し、互いの火照りが混じり合っていく。私が愛しさのあまり頬ずりしていた倫太郎の首筋はパッと離れていき、次の瞬間には噛みつくようなキスを食らっていた。唇の隙間から舌を優しく吸い出し、甘ったるく舐《ねぶ》るキス。

「んっ！　ん……んぐっ……！」

激しい律動で何度もズレてしまう唇をそのたびに正しく突き合わせながら、倫太郎は私の腰を抱きなおす。ラストスパートなのだと、直感的にわかった。

彼は最後に私の口を強く吸うと、勢いよく首筋に顔を埋め、キツく私の体を抱いた。激しい交尾によってぎちぎちに締まっている私のナカで荒々しく暴れ、気持ちよさそうに呻く。

「はッはッはッ、あッ……くッ……！　真昼っ……んッ！　んンッ！」

「あぁッ……だして！　りんたろっ……んぁ！　あんッ！　あぁッ……」

耳元で音になるか、ならないかの掠れ声が、「愛してるよ」と囁いた。

直後、それまでの律動を止めた倫太郎が「んっ！　んっ！　んっ！」と全力で三回強く私を貫き——ちょうど三回目。〝びゅくびゅくびゅくっ！〟と熱い白濁が迸る。

「ああっ、あっ、あああぁぁっ……!!」

濁流が奥の窄まりへと流れ込んでいく。私は甘美な熱に身震いする。

倫太郎の子種を注がれて体のどこもかしこもが熱く、体の内側からじわじわと広がっていく快楽を味わっていた。

大量に精を吐き出した倫太郎は私の上で汗を零しながら大きな呼吸を繰り返し、息を整えている。そんな、息も絶え絶えの状態で彼は言う。

「……あのさっ……」

「……え？」

私も、激しく達したばかりで過呼吸気味だった。ぼんやりする頭でなんとか彼の言葉を聞きとろうと耳を澄ませる。倫太郎はよっぽど疲れたのか、目を閉じていた。

「いっぱい話そう。……不安なこととか、気を付けてほしいこととか……俺ももっと、正直に話すから」

「……うん」

「楽しくない日があってもいいよ。結婚生活を続ける意味なんて……そんなことを難しく考え出してしまうことがあったら、そのときはきっと会話が足りてないんだ。一緒にいるためにいっぱい、話そう……」

くったりとした倫太郎が紡ぐ言葉で、私の心は驚くほど軽くなっていた。〝結婚生活を続けるために相手を楽しませ続けなければ〟と凝り固まっていた思考が柔らかく解きほぐされていく。

（そっか。結婚生活って案外……）

やっと息が落ち着いてきたらしい倫太郎はゆっくりと目を開け、私のことを見た。

じっと見てくるので何を言われるのかと思ったら、笑われた。

「ふはっ……エーロい。めちゃくちゃイってたんだな。顔とろっとろ……」

「だっ……だって倫太郎が!!」

「中出ししたから？　……中出しが嬉しくてイきまくっちゃったのか？」

「っ……」

射精の後でいつになく気だるくセクシーな倫太郎からそう辱められ、私は言葉を失った。

顔を背けようと身を捩ると、まだ繋がったままの場所から零れそうな精液が〝ぐちゅっ……〟と鳴る。

「あっ……」

その感覚にすら感じてヒクヒクと体を震わせた私を見て、倫太郎は「すごく綺麗」と。

「っ……そんなこと、言って……」

「ほんとに。真昼は綺麗だ」

「また暗示……」

「暗示？」

自分が〝可愛い可愛い〟と言い続けて私をこう変えてしまったことに未だに彼は無自覚で、いつも新しい魔法を私にかけ続ける。これ以上私が思い上がったらどうしてくれるんだろう？　……きっとどうもせずに、愛《め》で倒してくれるのだろう。

結婚生活はエンターテインメントだと思っていた。

でも今は。

もしかしたら、もっとずっと優しくて柔らかいものなのかもしれないと、私は思う。

終

あとがき

お手に取っていただきありがとうございます。兎山《とやま》もなかです。

オパール文庫さんでの前作『子づくり温泉』から約一年、お陰様でこうして三冊目のご縁をいただけることになりました。一冊目の『結婚までエッチは禁止⁉』から始まり、今作もまたまた夫婦のお話です！　いろんな夫婦を書かせていただけて楽しいです。

霧原《きりはら》すばこ先生が描いてくださった倫太郎と真昼が本当に可愛くて、特に真昼は初めてキャララフを見せていただいた瞬間「かわえぇ〜‼」と大興奮でした……！　顔も雰囲気も全部可愛い‼　倫太郎も霧原先生らしいノーブルな雰囲気の魅力的なヒーローにしていただいて、挿絵では、かなり際どいシチュエーションを美しい雰囲気で描き切っていただきました。素晴らしいイラストを本当にありがとうございます‼

また、今回構成に悩んでずっとぐるぐるしていた私を助けてくださった担当様（本当にご迷惑をおかけしました……！）、編集部様をはじめ、本作に携わってくださった皆様に、心より御礼申し上げます。

そして、ここまで読んでくださったあなた様に最大限の感謝を込めて、貴重なお時間を本当にありがとうございました。またどこかでお会いできますように！

兎山もなか

ありがとうございました!!
霧原すばこ

Opal

※ここから先《さき》は有《ゆう》料《りょう》です！
マジメ夫《おっと》にえっちなサービス!?

オパール文庫をお買い上げいただき、ありがとうございます。
この作品を読んでのご意見・ご感想をお待ちしております。

ファンレターの宛先
〒102-0072　東京都千代田区飯田橋3-3-1
プランタン出版　オパール文庫編集部気付
兎山もなか先生係／霧原すばこ先生係

オパール文庫＆ティアラ文庫Webサイト『L'ecrin《レクラン》』
https://www.l-ecrin.jp/

著　者――**兎山もなか**（とやま もなか）
挿　絵――**霧原すばこ**（きりはら すばこ）
発　行――**プランタン出版**
発　売――**フランス書院**
〒102-0072　東京都千代田区飯田橋3-3-1
電話（営業）03-5226-5744
　　（編集）03-5226-5742
印　刷――誠宏印刷
製　本――若林製本工場

ISBN978-4-8296-8418-4 C0193